虚構の殺人者

東京ベイエリア分署

新装版

今野 敏

ハルキ文庫

角川春樹事務所

目次

虚構の殺人者

東京ベイエリア分署

1

黒いものが夜空に舞った。星のない夜空だったので、どんよりとした低い雲が、都会の明かりを反射して、かえってその影をくっきりと見せた。

人の影だった。

黒っぽい背広を着た男が高い建物から落下していくのだ。

人通りの少ない場所で、それを見ている者はいなかった。

男は、アスファルトの地面に叩(たた)きつけられた。

高い場所から西瓜(すいか)を落としたようなものだ。

若い男女がふざけ合いながら、建物の裏手へやってきた。人目を避けて、ありあまる情熱を交そうというのだ。

彼らは、はじめ、それが何だかわからなかった。

近づくにつれ、異臭が鼻をつき、人の形とわかるようになってくる。

ふたりは、目のまえにあるものが信じられなかった。茫然(ぼうぜん)としている。

男が女の肩に触れた。

それがきっかけとなった。女はすさまじい悲鳴を上げて男の胸にしがみついた。

すべてがその瞬間に動き出した。

一一〇番を受けた警視庁通信指令センターは、すぐさま三田署に連絡すると同時に、東京第一方面用の無線周波数一五五・二二五メガヘルツで、各移動に呼びかけた。

安積剛志警部補が知らせを受けたとき、刑事部屋には、村雨巡査部長と大橋巡査のふたりしかいなかった。

安っぽいスチール製の壁で仕切られた部屋のなかには刑事課長の町田警部がいる。

大橋が電話を取ったのだった。

「現場は港区海岸三丁目……」

大橋武夫巡査は、無表情に報告した。

彼は、感情を表に出すことを、まるで罪悪のように感じているかのようだと安積警部補はいつも思っていた。

大橋はまだ二十七歳のはずだ。

若者が表情豊かではつらつとしているものだというのは、おとなの――あるいは管理者の幻想でしかないことを、安積はよく心得ている。

特に、最近の若者は、自分の感情を殺そうとしている傾向があるように安積には思えた。

だが、大橋の場合は、度が過ぎるという印象を与える。

一般企業でもそうだろうが、特に、警察のような特殊社会では、こうした下っ端は好かれない。

まあ、人に好かれる刑事などあまりいないのも事実だが――安積は、大橋の顔を見ながらそう考えていた。

村雨部長刑事がすぐさま立ち上がった。

そつのない男だ。

仕事のやりかたに情け容赦がない。緻密で理路整然としている。いいかげんなことが嫌いなのだ。

そういう性格は、体質や顔つきに出るものだ。

村雨巡査部長は、やせていて、鋭角的な感じがする。

確かに有能な刑事だが、その有能さが鼻につく――安積警部補はひそかにそう思っていた。

彼は外出の用意をしながら言った。

「須田と黒木は、たぶん指令センターからの無線を車のなかで聞いているでしょう」

安積は曖昧にうなずいた。

うなるような声をかすかに発しただけだった。

須田三郎巡査部長と黒木和也巡査長は名コンビだった。

安積は時計を見た。午後八時になろうとしていた。須田と黒木がまだ覆面パトカーに乗っていなければならない理由はない。

事実、若手の桜井巡査はすでに帰宅している。

村雨と大橋が組んで捜査をする。安積は、大橋の無表情さの原因が、村雨にあるのではないかと思うことがあった。

自分に厳しすぎる人間は、他人をも許すことができないものだ。

安積は立ち上がって、課長の部屋のドアをノックした。

返事が聞こえるまえにドアを開けた。

「三田署の助っ人で出かけます」

安積が言った。

課長は、すでに男が転落死したことは知っている。彼はすぐに安積の言ったことを理解するはずだった。

「助っ人だって……?」

課長は訊き返した。

安積はそれが聞こえなかったような素振りでドアを閉めてしまった。

けげんそうでいて、明らかに非難の響きのある町田課長の一言が耳に残った。

「助っ人だって……?」

安積は、安普請の部屋を出て、鉄板だけで組んだ階段を下った。

この警察署の建物は、間に合わせでしかない。プレハブの建物だった。

将来は、この地に立派な警察署が建つと言われている。

安積警部補は、いつも使っているグレーのマークIIに乗り込み、ルーフに赤い回転灯をくっつけた。

いつもは桜井巡査が運転するが、桜井はいない。

すでに、村雨と大橋の乗った車は、首都高速湾岸道路の入口に向かって走り出していた。

安積警部補はシフトレバーをドライブに入れ、勢いよく東京湾臨海署——通称「ベイエリア分署」をあとにした。


東京第一方面本部の二十番目の新設警察署である東京湾臨海署は、台場（だいば）のお台場運動公園のすぐそばにあった。

おそらく、日本で一番、緑に囲まれた警察署だろうと、署員たちは言っていた。

事実、13号埋立地のこのあたりは、公園に囲まれているのだった。

日本の警察には、分署という組織はない。

機動捜査隊などが二十四時間、交替で詰めている分駐所というものはあるが、東京湾臨海署は、あくまでも警察署だ。

にもかかわらず、「湾岸分署」あるいは「ベイエリア分署」という呼称は、正式の会議でも通用するほどになじんでしまっていた。

規模があまりに小さく、また、庁舎がみるからに間に合わせという感じを与えるせいだった。

東京湾臨海署は、東京都の『臨海副都心構想』を睨（にら）んで設立されたのだった。

将来、「有明（ありあけ）北」「有明南」「青海（あおみ）」そして、臨海署がある「台場」の四つの地区は、居住人口六万人の副都心として発展していく予定なのだ。

臨海署も、この地区の発展にともない、本格的な庁舎の建設や組織・人員の拡充が行なわれることになっていた。

また、東京湾臨海署は、急速に開発が進み発展していく湾岸道路網のために作られたという一面がある。

湾岸一帯の高速道路網が整備されることによって、既存の警察署では対処できない犯罪が増加するおそれが生じてきたのだ。

そのため、今のところ、ベイエリア分署の花形は湾岸高速道路網を疾走する、交通課の交通機動隊だった。本庁所属の交機隊が所轄署と同居しているのだ。

ベイエリア分署の交機隊は、トヨタ３０００ＧＴスープラのパトカー隊と、米国ホンダから逆輸入したＧＬ１５００の白バイ隊を持ち、管区の境界はおろか、県境までも越えて疾走する。

スープラのパトカー、そして、一五〇〇ccでバックもできるというモンスター・バイク・ＧＬ１５００の白バイは、注目を浴びた。

境界を平気で越えるというのは、ハイウエイ・パトロールの伝統だ。

都内のすべてのパトカーは、各警察署に属しているが、高速道路を走るパトカーだけは例外だ。

ベイエリア分署は交機隊がいるせいもあって、そういった伝統を受け継いでいた。それは、交通課などにとっては合理的だった。

しかし、その伝統のせいで、安積警部補のいる刑事課は、あまり面白くない思いをしていた。

管区が、既存の警察署と重なることが多いのだ。どこの管区（ナワバリ）であっても、東京湾岸一帯で起きた事件には、必ず引っ張り出されるのだ。そのくせ、犯人検挙は、既存の警察署が行なうことになる。

安積が「助っ人」と言ったのは、そういう意味だった。

三田5、三田3とリアウインドウに書かれたパトカーが道をふさぐように、斜めに並んで駐（と）まっていた。

覆面パトカーが二台。あとは、鑑識車が二台来ていた。

ライトブラウンのバンは、見慣れた湾岸分署の鑑識車だった。安積たちより、一足先に駆けつけたというわけだ。

安積は、三田5と書かれたパトカーのすぐうしろに駐車した。

救急車やパトカーの回転灯が建物の壁に赤い光を、一定の間隔をおいて投げかけ、宗教じみたまがまがしさが感じられた。

すでに現場では、機動捜査隊員たちが動き回っていた。彼らは一様に受令機から伸びるイヤホンを耳に差し込んでいる。

そういえば、彼らの表情やしぐさも、一種の宗教儀式を思わせる――安積はそう思っていた。

ストロボがまたたき、そのまがまがしさを助長している。鑑識係が現場の写真を撮影しているのだ。

真っ先に現場に踏み込んでいったのは、村雨部長刑事だった。

それに大橋がぴったりと付き従っている。

村雨が大橋を犬のように飼い馴らしてしまったのか、大橋が何かを諦めてそうしているのか安積にはわからない。

どっちにしろ、表面的には理想的だが、深部に膿を持った傷のように、問題をはらんでいるに違いないと考えていた。

村雨はさっそく、機動捜査隊員をつかまえて質問を始めている。大橋がすかさずメモを取り始めた。

「よう、安積さん」

背後から声をかけられ、安積は振り返った。相手は三田署の捜査主任のひとりだ。階級は巡査部長、名は柳谷という。

安積はうなずき返した。

柳谷は、筒井という名の若い刑事を連れていた。

ほかにふたり、三田署の刑事がいるのに気づいた。

ひとりは、磯貝(いそがい)という名の巡査長。年齢は三十代後半のがっしりした体格をした男だ。

もうひとりは、中田(なかた)という名で、こちらも巡査長だ。二十代後半——まだ三十歳にはなっていないだろうと安積は思った。

人を見るのが刑事の仕事のひとつだ。安積は他人の年齢を二つとはずさず見当をつける自信があった。

中田は、にきびのあとが顔に残っており、スポーツ刈りで、どちらかといえば童顔だった。

制服警官が黄色と黒をよじり合わせたビニールのロープを張って、そのまえに立っていた。

そこに野次馬が集まり、人垣ができ始めている。

「たまげたね、どうも」

柳谷は言った。この男は、階級は安積よりひとつ下だが、年齢は二歳ほど上のはずだった。

「何がだね？」

安積が訊き返した。

「このあたりは、ヘドロが沈澱(ちんでん)したくせえ海だったんだ。まさか、あんな連中が夜な夜な大騒ぎして遊び回る場所になろうとはな……」

柳谷は野次馬のほうを指差した。

安積は奇妙な気分になった。

この男は、人がひとり転落死したことよりも、臨海地区に人が集まることのほうに関心があるのだろうか……。

そして、野次馬のほうを見て、再び奇妙な感慨を抱いた。

柳谷が言うことがもっともだという気がしてきたのだ。

そこに集まっているのは、倉庫の作業員でもなければ港湾労働者でもない。

贅を尽くして着飾った若い男女の群れなのだ。

どのひとりを引っ張ってきて比べても、安積より金のかかった服を着ているような気がした。

安積の着ているものは、仕立て自体は悪くはない。ただ手入れが悪いのだ。

ズボンの折り目は消えかかっているし、膝や、肘の部分にはしわが目立っている。

ネクタイもすり切れかかっており、結び目のあたりが黒ずんでいる。

男が四十五歳にもなって独り暮らしをしている報いだった。

安積は人垣から眼をそらし、周囲をそれとなく眺め回しながら尋ねた。

「それで、どんな具合なんです?」

「ホトケさんは、TNSテレビの局プロデューサーで、名前は飯島典夫。非常階段から落ちて死亡したようだ。こいつはまず十中八九間違いない。鑑識の連中は、損傷の具合で、何階から落ちたかつきとめてくれるだろう」

　安積はうなずいてから訊いた。

「遺留品がかなりあったということだな……」

「財布、名刺入れ、手帳、すべて残っている。財布のなかには、アメックスのゴールドカードと、運転免許証が入っていた。現金は、五万三千円と、小銭が少々……。くそっ、俺の財布とはえらい違いだ」

「遺書のたぐいは？」

「ない」

「靴もはいているんだろうな」

「はいている」

「自殺ではない……」

「わからんよ。衝動的に死んじまうやつもいる。特に、飛び降りの場合はわからん……」

「そうだな――」

　安積は言った。「自殺か、あるいは事故か……」

「あるいは、殺人か？」

　柳谷が笑いを浮かべた。

「できれば、そうであってほしくないな……」

「仕事が嫌いか、安積さん」

「嫌いではないはずだ」

安積は遺体のほうに向かって歩き出した。「だが多過ぎるのは考えものだ」

「おっと、ハンチョウ。足もとに気をつけてくださいよ」

言われて安積は即座に立ち止まった。

安積に声をかけたのは、湾岸分署の鑑識係長の石倉進警部補だった。

ベテランの鑑識係長で、安積はこの男を信頼し、もしかすると尊敬すらしていた。

安積は石倉係長の言う意味がすぐにわかった。

高い場所から落下した人間は、その骨格や皮ふの内に収めていたものを、いせいよく周囲にぶちまけてしまう。

それは、大切な遺体の一部なのだ。なるほど――安積は思った。こうしてみると、人間というのは、液体を詰めた袋のようなものだということがよくわかる。

「どのあたりから落ちたんだろう?」

安積が石倉に尋ねた。

「最上階だろうよ」

石倉は、非常階段を見上げて、それぞれの階についているドアと踊り場の数をかぞえた。

「七階だな」

「事故かな、自殺かな」

「さあな……。だが、人生に絶望している人間には見えないな」

「どうしてだ？」

「身だしなみがゆきとどいているね。髪はきちんと刈られているし、爪も切ってある。靴も磨いてあるし、ひげもきれいにそっている」

石倉の言おうとしていることはすぐにわかった。

自殺するほど追いつめられている人間は、そうしたことに気が回らなくなる。どんなに本人が気をつけているつもりでも、必ず身だしなみに乱れが出るものなのだ。

しかし、常に例外はある。

さきほど、三田署の柳谷主任が言ったように、何の兆しもなしに、突然自ら命を絶ってしまう人もいるのだ。

「遅くなりました」

目を丸く見開き、息を切らして須田三郎部長刑事が言った。

そのうしろに、黒木和也巡査長がいる。彼は、まったく呼吸を乱していなかった。

おそらく同じ距離を同じ速さで駆けてきたのだろうが、これだけの差が出るのだ。

須田三郎は、刑事としては明らかに太り過ぎていた。性格はきわめて温厚で、一般的に言うと、刑事などには向いていない。

安積は、須田がなぜ刑事になれたのか、時折不思議に思うことがある。

だが、安積は、実を言うとその点を買っていた。須田三郎は誰が見ても刑事には見えない。それが時には役に立つのだ。

黒木和也は、須田とは対照的だった。

彼は俊敏な行動派で、しなやかな体格をしたスポーツマンタイプだった。

須田は三十一歳で黒木は二十九歳だ。ふたりはほんのふたつしか違わないのに、実際には、その三倍近くの開きがあるように見える。

須田はさらに言い訳をした。

「新木場のところで大渋滞につかまっちゃいましてね」

こいつらはまだ巡回車のなかにいたのか――安積は思った。いい若い者が他にすることはないのだろうか……。

彼は、このふたりの部下が少しばかり不憫に思えてきた。

須田は、安積の機嫌をそこねたと勘違いしたらしく、もう一度言った。

「本当に、すみません、チョウさん」

安積を「チョウさん」と呼ぶのは須田だけだ。かつて安積が部長刑事時代に須田と組んでいたことがある。その名残だった。

いいんだ、気にするな――そう言ってやりたいが、その一言がなかなか言えない。代わりに安積は命令していた。

「この建物のなかに行って話を聞いてくる。いっしょに来てくれ」

「はい」

須田が、まるで小学生が探検に出かける覚悟をしたようなしかつめらしい顔つきでうなずいた。

黒木を見ると、しきりにあたりを見回している。

黒木の眼力はばかにはできない。

安積は尋ねた。

「何か気づいたことはあるか？」

「いえ……。今のところは特に……」

安積がうなずいて歩き出そうとすると、須田が声を上げた。

「うわっ。こりゃすごいや……」

彼は遺体を見たのだ。

強行犯担当の刑事をずいぶんとやっているのだから、これくらいの死体は見慣れているはずだ。

しかし、彼は、いまだに死体を見るたびに驚きの声や、悲嘆のうめきを発するのだ。

鑑識の連中が失笑する声が聞こえた。

安積は、その気配を背中で感じながら現場をあとにした。

2

　安積は、車で建物の裏手に直行したので、それは倉庫か何かだと思い込んでいた。

　パトカーのライトがあたりを赤く染めていたので、現場は遠くからすぐにわかったのだ。

　初めて建物の正面に回って彼は驚いた。出入口は、明らかにわざと照明を落とした感じの凝ったイルミネーションで飾られている。

　建物の脇にステンレスで作ったシンプルな案内板があり、文字が内側の電球で光るようになっていた。

『space seven』というグリーンの文字が見えた。

「スペース・セブン？」

　須田が読んだ。

　正面玄関のところに村雨と大橋がいるのに気がついて、安積は近づいていった。

　彼らは、明らかに動転してしまっている若い男女の相手をしていた。

「係長……」

　村雨が気づいて言った。「第一発見者のかたです」

　安積はうなずいて尋ねた。

「通報してくださったのは、あなたがたですね？」

「はい……」

男のほうが言った。

安積は、何か問題はあるのだろうか、という思いで村雨を見た。

村雨はそれを察したらしく、小さく首を横に振って見せた。

「ちょっとこっちへ来てくれ、聞いておきたいことがある」

安積は村雨に言った。

「俺もちょうど係長に報告しようと思っていたところですよ」

そうか、そいつはいい心がけだ——。

安積は黙ってうなずいた。

村雨は第一発見者の男女に形式的な礼を言ってその場を離れた。

安積警部補を囲んで、村雨、大橋、須田、黒木が扇形に並んだ。

四人は互いに目礼し合った。

「この建物はいったい何なんだ」

安積は言った。「私はてっきり倉庫かと思ったぞ」

「半分正解ですね」

村雨が言った。「もとはれっきとした倉庫だったのですよ。そこを、あるリゾート開発会社が買い取りましてね、若者向けの遊び場に仕立てたというわけです」

「このあたりじゃ珍しくない話ですね」

須田が言った。

「そうだよ」

村雨がうなずく。「係長。驚くのはまだ早いですよ。実は、きょうはこのビルのオープン記念パーティーということで、すごい顔触れが集まってますよ。さっき、会場をのぞきに行って、俺は仰天しましたね」

「パーティーだって？」

「そうです」

「それでホトケさんは、あんな服装をしていたんだ……」

黒木が言った。

「あんな服装？」

安積は尋ねた。黒木はうなずいた。

「係長。あれ、タキシードですよ」

安積は、またもや部下に驚かされた。黒木が遺体を見たのは、ほんの一瞬のはずだった。しかも、遺体はうつぶせだったのだ。

なのに、黒木は、遺体がタキシードを着ていたのを見て取っていた。

若い連中は服装に敏感だ。別に自分はヤキがまわったわけではない――安積はそう信じたいと思った。

「いったいどんな連中が集まっているというんだ？」

安積は村雨に尋ねた。

「芸能人にプロ野球選手、プロゴルファー、それにマスコミ関係者……。百花繚乱といった感じですね。百聞は一見にしかずですよ、上へ行ってみてくださいよ。五階です」

パーティーだと……。安積は思った。倉庫で作業中に足を滑らした転落事故——そうであってほしいという願いはむなしく消えていきそうだった。

「須田、黒木、いっしょに来てくれ。村雨と大橋はこのまま情報収集を続けるんだ」

安積は建物のなかに足を踏み入れた。

内装は一流ホテルのロビーを思わせた。出入口を入って右手のほうに案内の札が見えた。正確に言うと、Information と英語でつづってある。

そのむこうが、喫茶コーナーになっているらしい。今は、明かりが落としてあり、金色のロープの飾りが出入口に置かれている。

そのロープのまえには、closed と書かれた札がかかっていた。

須田が案内板を見て、何やら感嘆のつぶやきを洩らしている。黒木は、案内板の内容を手帳にメモしていた。

一階がロビーと喫茶コーナー——もっとも今どき喫茶などという言葉にお目にかかることはめったにない。ここにも、カフェテリアと書かれてある。

二階がバーと、ディスコ・フロア。三階がレストランで、四階はギャラリー。五階と六階は多目的ホールとなっている。

おそらく、吹き抜けになった広い空間なのだろうと安積は想像した。オープン記念パーティーは、そのホールで催されているのだ。

七階はレンタル・スタジオとなっていた。時間貸しする録音スタジオなのだ。

こうしたスタジオが若者たちに与える効用を、安積は理解していた。

単に趣味でバンドをやっている連中に貸すのが目的ではない。おそらくそれではメンテナンス代がかさんでやっていけない。こうした場所にあるスタジオはプロユースなのだ。

つまり、プロのバンドがリハーサルや録音に使用するためのスタジオだ。

若い連中は、そういうバンドが出入りする店を好む。つまり、スタジオは客集めの道具ということだ。

エレベーター前には制服警官が立っていた。

安積たちを見て敬礼をする。

「ホトケさんが落ちてから、ここを出て行った客や従業員はいるか?」

安積が尋ねると、若い警官がこたえた。

「いえ。まだ、会場で全員を足止めしているはずです」

ちゃんと受令機のイヤホンを耳に入れている。

顔を見ると、まだ赤味があって少年の面影さえ残っている。おそらく、二十歳になるかならないかだろう。

同じくらいの年の青年たちが、大学へ行き、親の金でＢＭＷだのアウディだのを買って遊び回っているのに、この警官は、殺伐とした現場に立って黙々と義務を果たしている。おまえさんたちは、交通違反の若者に多少辛く当たる権利があるかもしれないぞ——ロには決して出せないが、安積はこっそりとそう思っていた。

エレベーターのなかもほの暗く、小さな緑色の電球で美しく飾られている。

「神秘的な感じのするエレベーターですね」

須田三郎部長刑事が言った。

「……そうだな……」

安積はそれ以上何を言っていいのかわからなかった。須田の感覚は常人から外れたところが——あるいは超えたところがある。

黒木は何も言わない。彼は須田と長い間行動をともにしている。

こういう場合は黒木を見習って、何も返事をしないほうがいいのかもしれない——安積はふと、そう思った。

エレベーターが開くと、赤い絨毯が敷きつめられたロビーに出た。なぜか、赤い絨毯というのは、権力とか権威とかいったものの臭いがすると安積は感じた。

ロビーには警官の姿が目についた。

人々を整理し、説得し、何とか秩序を作り出そうとしている制服警官。

聞き込みに精を出している私服の機動捜査隊員。

そして、秘密めいた会話を交している刑事たちに、略帽の出動服を着た鑑識の連中。

制服警官は、会場の外へ出ようとするパーティー客たちを、何とか戸口のなかに押し戻そうとしていた。

安積たちは、その脇を抜けるようにしてパーティー会場に足を踏み入れた。

客の数は約二百人。白いクロスをかけたテーブルが中央に置かれ、オードブルや、軽い料理が用意されている。

広いホールだった。四すみには、そばや鮨、焼き鳥などの屋台が出ている。

料理を載せたテーブルには豪華な花が飾られている。

壁際には、さまざまな会社や有名人から贈られた花のスタンドが並んでいる。

料理はきれいに盛りつけられており、あまり手がつけられていない。

しかし、料理より安積たちを圧倒したのは、パーティー客の顔触れだった。

村雨の言ったとおりだった。百聞は一見にしかず、だ。

普段はテレビでしかお目にかかれない連中がそこに集まっていた。

歌手がおり、女優、俳優がいる。

ニュースキャスターがおり、プロ野球の選手がいる。

そのまわりに、マスコミや音楽業界の人間らしい人々がたまっている。

有名人は、全体の人数の三分の一に及ぶだろう。つまり、六十人以上の有名人がいることになる。

まさに雰囲気は圧倒的だった。そのとき安積が感じたのは、華やかさを通り越した、妖しさだった。

人が人をひきつけるときの毒が、妖しげな光を発して会場全体を包んでいる——そんな気がした。

きっと黒木と須田も同じことを感じているに違いないと安積は思った。

ところが、須田は、また安積を驚かせた。彼はこうつぶやいたのだ。

「ちきしょう。あのオードブル、うまそうだな……」

安積警部補は、黒木と須田に命じた。

「出席者のリスト作りに協力してやってくれ」

黒木は人並みに、芸能人たちが気になるようだった。

名前と住所のリストを手分けして作成している機動捜査隊員たちのところへ行くまで、少なくとも、三度は客のほうに眼をやった。

安積は会場で再び柳谷部長刑事に声をかけられた。

彼は、安積たちより一足先に昇ってきていたようだ。いつの間に現場を離れ、ここへやってきたのか、まったく気がつかなかった。

きっと優秀な刑事なのだろうと安積は思った。

「安積さん。ホトケさんを、三田署に運ぶんだけど、検視に誰か臨海署の人を立ち会わせてくれないかな?」

警察の遺体の検視というのは、まず、きれいに洗い流すことから始まる。

警察署に運び込まれる遺体は、まずだいたいが、血にまみれている。そして、糞尿。

刑事たちは、寒い霊安室で、バケツに水をくみ、ガーゼや脱脂綿で汚物をふき取るのだ。

刑事と呼ばれる警察官――つまり、刑事部の捜査課に属する者たちの精神的なタフさは、例えばデモの鎮圧などを主な任務にしている警備部の機動隊などとは異質だ。

機動隊は憎しみをあらわにし、数をたのんで国民を虫けらのように見下し、めった打ちにすることで、タフになろうとする。

刑事は死体洗いのような気の滅入る仕事をこなしていくうちに、一種の諦めにも似た境地に達する。

それは、悟りと呼んでもいいかもしれない。

犯人検挙の際の華々しい姿は刑事たちの仕事のほんの一部に過ぎない。

安積はうなずいてから言った。

「下にうちの村雨と大橋がいるはずです。彼らを連れてってください」

「ところで――」

柳谷捜査主任は声をひそめて言った。「まだはっきりしたことはわからないけど、遺体は司法解剖に回すことになりそうだよ」

柳谷が言おうとしているのは、今回の転落死は、単なる事故ではないということだ。

安積はうなずいた。

誰だって、このありさまを見たらそう思う。違うと言う刑事がいたら、転職を考えたほうがいい。

理由はいくつもある。

例えば、ここが、安積が当初想像していたような倉庫ではなく、若者たちの遊び場であったこと。

そして、このオープン記念パーティーだ。ここに集まった人々の顔触れを見れば、いくつかの人生のドラマを思いつく。

刑事は想像によって仕事をしてはいけない。しかし、想像力のとぼしい人間は優秀な刑事にはなれない。

転落死したのがテレビ局の職員だったというのが、このパーティー出席者を見て、俄然気になってくる。

そして、疑問がいくつも湧いてくるのだ。

もし事故だとしたら――

なぜテレビ局の職員が、パーティーの最中に、非常階段にいなければならなかったのか？

自殺だとしたら――

なぜ、このパーティーの席を選んで死ななければならなかったのか？

そして――そこまで考えて、安積はほんのわずかだが、気分が高揚しているのを意識した。

彼は、すでにこの転落死が、他殺――つまり殺人であると信じている自分に気がついたのだ。

そして、殺人であるならば、犯人はこのパーティーの出席者のなかにいるはずだ。その動機は何なのか？

安積は、やや離れたところから、リストを作るために列を作らされているパーティー出席者を眺めていた。

「何ということだ」

制服警官に列に並ぶように言われていた四十代なかばの背の低い男が、大声を上げた。

「俺は招かれてパーティーにやってきただけだ。忙しいところ、わざわざ足を運んできて、こんな扱いを受けるいわれはない」

チェックのジャケットにアスコットタイ。タイと同じ色のチーフを胸ポケットからのぞかせている。

顔は酒気を帯びて赤い。それとも、もともと赤ら顔なのか――。

髪は、いわゆるパンチパーマをかけている。押し出しの強いタイプだ。

芸能プロダクションか何かの社長といったところだろうか？　安積は見当をつけた。

いまだに、プロダクション関係の人間は、やくざまがいの恰好（かっこう）を好む。かつて、歌謡曲や演歌の興行のほとんどを暴力団が仕切っていたので、その名残なのだろう。

いや、名残というのはひかえめな言いかただと安積は思い直した。

現在でも、芸能プロダクションのほとんどは暴力団と関係がある。

社長が組員というところも多い。

いつか安積は、本庁のマル暴——つまり、刑事部捜査四課の同僚から聞いたことがあった。

有名なアイドル歌手やタレントの多くは、やくざと寝たことがあるはずだ——。

今、目のまえで若い警官に食ってかかっている男も、どこかの暴力団の組員という可能性もある。

安積は黙ってそのやりとりを見ていた。

男はさらに言った。

「そこをどけ、俺は帰るぞ。面白くない」

警官は表情を変えず言う。

「おとなしく列に並びなさい」

「何だその命令口調は……。責任者は誰だ。おまえじゃ話にならん」

彼を知っているらしい客たちが面白そうにこそこそと話を始めた。

このやりとりが注目を集め始めた。

警官は閉口しきって安積のほうを見た。彼は、安積の階級を知っているらしい。もっとも、安積もその制服警官の顔に見覚えがあった。

湾岸分署の警ら課なのだろう。

臨海署は交番を持っていない。そのあたりが、ニューヨークあたりの警察に似ていると言えば言えなくもない。すべての警ら課員は、移動局――つまり巡回車（パトカー）に乗っている。湾岸分署がパトカーの駐車場だと口の悪い人間は言うが、その表現は当たっていないこともない。

ハイウェイ・パトロールを加えると、署員に対するパトカーの数はナンバーワンかもしれないと安積は常に考えていた。

「責任者を出せよ。おまえのようなチンピラじゃ話にならん」

三田署の捜査主任、柳谷の姿はもうない。

この場では、したがって安積が責任者ということになる。

彼は、心のなかで舌打ちをして、その場に歩み寄っていった。

須田と黒木が自分を見ているのがわかった。

（大見得を切ろうってんじゃないんだ）

安積は心のなかでふたりに向かって言った。（たのむからこっちを見るな）

3

「私が責任者ですが……」

安積は静かに言ったつもりだった。

だがその声は意外に会場のすみずみまで響いたようだった。

パーティー出席者、機動捜査隊員、会場の従業員、鑑識課員、制服警官――つまり、会場の人々すべてが、安積に注目した。

――少なくとも、安積にはそう感じられた。

チェックのジャケットの男は、大きく底光りする眼で、安積を品定めするように睨み回した。

安積はその眼つきを見て、確信した。この男は、間違いなく組員か、組関係者だ。

安積警部補は、むこうの出方を見るつもりで、それきり何も言わなかった。

「何だね、あんたは……」

相手のトーンが明らかに半減した。安積に気圧（けお）されてしまったのだ。

逆に安積のほうが驚いてしまった。相手を威圧するつもりなどなかったからだ。

彼は素直に相手の質問にこたえることにした。

「警視庁臨海署の安積警部補といいます」

彼は旭日章（きょくじつしょう）のついた黒革の手帳を取り出した。それだけではなく、彼は手帳を開き、身分証を相手に見せた。

相手はすっかり鼻白んでしまった。それでも面子（メンツ）があるので、虚勢を張ろうとする。こういう手合いは面子が大切なのだ。

「いったいこりゃ何の真似（まね）だい、え？　警部補さんよ」

口調が変わり、馬脚をあらわした。いわゆる「お里が知れる」というやつだ。

安積はまず直接その男にはこたえず、近くにいた制服警官に尋ねた。

「出席者のかたに、事情は説明していないのか?」

「詳しい説明はまだです。ただ、事故があった、とだけ」

「ただそのひとことで全員をこの場に釘づけにしているのか?」

「それ以上の指示がありませんでしたので……。それに、自分たちは事故の詳しい内容も、被害者の身元も……何も知らされておりません」

安積はうなずいた。チェックのジャケットの男のほうを向いた。

「どうやら、あなたのお怒りはごもっとものようです」

「あたりまえだ」

男は勢いを盛り返した。

安積は須田と黒木を呼んだ。

ふたりはすぐにやってきた。須田はいつもの、必要以上に生真面目な表情をしている。ちょうど小学生が秘密を共有しようとしているような顔つきだ。

安積はふたりに言った。

「会場にいる全員に、事情を説明しろ。転落死した人物の素性と氏名を公表していい。そして、この点を強調しろ。この件は、まだ事故か自殺か、他殺かまったくわかっていない、とな。何か情報提供があったら、もれなく書き取っておけ、さ、すぐにかかれ。機捜にも協力してもらえ」

ふたりの刑事はうなずいた。

チェックのジャケットの男は、あっけにとられた顔つきになった。

「転落死……？　誰が死んだって？」

安積は自分の態度が充分に効果的だったことを知った。彼は刑事としての原則を守り通したのだ。

捜査や尋問の際、刑事は相手の質問にこたえてはならない。質問するのはあくまでも刑事の側であることを相手にわからせるのだ。

今、安積はチェックのジャケットの男の質問にはこたえず、部下に質問したり、指示を出すことで、状況をわからせた。

そのほうが事態の重みが伝わるはずだと彼は考えたのだ。

そして、それは効を奏した。

もう説明してやってもいいだろう——安積は判断した。

安積は相手の眼をじっと見すえて言った。

「このパーティーの出席者のひとりが、非常階段から落ちて亡くなりました。亡くなったかたのお名前は飯島典夫さん。ＴＮＳテレビのプロデューサーだったかたです」

周囲がどよめいた。

名の通った人物だったようだ。それは、チェックのジャケットの男を見てもわかる。彼は驚きのあまり、眼を見開き、自分の口がだらしなく開きっぱなしになっているのにも気づいていない様子だ。

安積は、その男が何かを言うまえに言った。

「事情を理解して、協力していただきたいのです。そして、この警官に言ったことは考え直していただきます。彼は、責任者の指示のとおり動いています。彼がイエスと言えば、責任者がイエスと言ったことだし、ノーと言っても同じことです。警察というのはそういうところです」

安積はそれだけ言うと、その男の顔も、警官の顔も見ずに、その場を去った。

警察官の立場を擁護するために、一般市民を恫喝したことにはならないだろうか？ 彼は考えた。

同僚は口をそろえて、そんなことはない、と言うだろう。

だが、安積は気になっていた。

ひとりの機動捜査隊員に近づこうとしていると、たちまち、数人に取り囲まれてしまった。

予想していたことだった。

マスコミのスクープ合戦だ。このパーティーには、マスコミ関係の出席者も多いから、こうなるのは当然だった。

いっせいに質問が飛んだ。

「死亡したのは、TNSテレビの飯島プロデューサーに間違いないですね」

「こうして捜査が始まっているということは、他殺と考えていいのですね?」

「動機はどのようなことでしょう?」

質問は繰り返し続いた。

安積は黒木のほうを見た。目が合った。彼はすぐにやってきた。気の利く男だ。

黒木は安積の周囲に集まったマスコミの人間を何とか引き離した。

「今、発表した以外のことはいっさいわかっていません。公式の発表を待ってください。

……いえ、これはまだ殺人の捜査などではありません。一一〇番通報にもとづく初動捜査に過ぎません」

そう言う黒木の声が聞こえた。

それ以上のことを言う必要はない。この場では、そういうコメントを出すだけでも充分すぎるサービスだ。

安積警部補は機動捜査隊のひとりをつかまえて、このパーティーの主催者がどこにいるかを尋ねた。

出席者の列とは離れた、部屋のすみで、その男は、警官たちの動きを見つめている。うろたえて、きょろきょろしていると言ったほうが正解かもしれない。

安積警部補は、その男に近づいた。

彼は気がついた。はっと安積の顔を見ると、そのまま物問いたげに安積の眼を見つめ続けた。

黒のタキシードに、黒のボウタイ、黒のカマーバンド。靴も黒のエナメル。ワイシャツを留めるボタンも黒、カフスも黒だ。

最近では、色とりどりのフォーマルウエアがあって、若い連中などはおしゃれのつもりで手を出すが、たいていの場合、失敗に終わる。

タキシードのもともとの基本色は青だということだが、やはりフォーマルは黒がいい。黒いタキシードに、黒かさもなくば濃い赤色のタイとポケットチーフ……。

だが、安積は、そんな恰好は自分とは縁がないと思っていた。

パーティー主催者の趣味の良さに満足しただけのことだ。この服装から察するに教養もありそうだと安積は思った。

安積警部補は近づきながら相手を観察していた。

極度に緊張している。顔色は悪いし、目を見開いている。

何かにおびえているようにも見える。きわめて過敏になっているのがわかる。

身長は安積よりも高かった。これは、少々まずいな、と思った。心理的な問題だ。質問する者の視線は相手より上にあったほうがいい。

彼をすわらせる必要があった。

年齢は三十代なかば。体格がいい。たぶんアスレチック・ジムでマシーン・トレーニングと水泳くらいはこなしているだろう。

顔が浅黒く日焼けしているように見えたが、近づくと、ファウンデーションのせいだとわかった。いわゆる男性用化粧品で、一般人には定着しなかったものの、ディスコの店員や一部の飲食店では、けっこう使われている。

近づくにつれ、高級そうなコロンのにおいがしてきた。

髪はディップ・ローションか何かでオールバックに固めている。二重まぶたで彫りが深い。ハンサムといっていいだろう。

だが、すべてが整っているわけではない。唇が厚い。肉感的ということで、かえって好む女もいるかもしれないが……。

「このパーティーの主催者だとうかがいましたが……」

「そうですが、あなたは……」

「警視庁臨海署の安積といいます。失礼ですが、この建物のオーナーでいらっしゃいますか？」

「とんでもない」

彼は苦笑いをしようとして失敗した。緊張のせいだ。「僕は単なる社員に過ぎません」

彼は気づいたように胸ポケットに手を入れ、名刺入れを取り出した。一枚、安積に差し出す。

安積は軽く会釈(えしゃく)をして受け取った。

名刺には「株式会社アクロス開発　事業課長　落合忠(おちあいただし)」とあった。

「失礼ですが、おいくつですか?」

思わず安積は尋ねていた。もちろん、この場合、相手の年齢など訊く必要はない。

「三十七です……」

「ほう……。三十七歳で課長……」

「別に珍しいことじゃないと思いますが……」

そうなのか? 安積は思った。彼は四十五でようやく係長だ。

警察組織と一般企業は違う。そのことは理解している。だが、具体的に何がどれくらい違うのかはなかなか実感できない。

一番手っ取り早いのは収入の差なのだが……。

「しかし、お若いのに、これだけの建物をまかされている……」

「そう……。その第一歩に、飛び降りですよ。まったく、ひどいことになったもんだ……」

これで、彼が何におびえているかが少しわかった。

彼は、会社における立場を考えているのだ。責任が今、彼をさいなんでいる。

「まあ、かけませんか」

安積は、壁際に並べられている椅子を指差した。落合はぎこちなく歩き出した。

彼がすわった。だが安積は立ったままだった。これで心理的にさらに優位に立つことができる。

「出来事を知ったのはいつのことです？」

「警察のかたが到着されてすぐですよ。人がこのビルから落ちた、と……」

「警察の者に知らされた？」

「そうです」

「それからどうされました？」

「しばらくパーティーを続けましたよ」

「パーティーの出席者のかたがたには、その時点で何も知らせなかったのですね？」

「ええ……。知らせる必要もないと思いましたんでね……。第一、そのときは、どなたが亡くなったのか知らなかった……」

「それで……？」

「二十分くらいすると、今度は、制服警官と刑事さんがいらっしゃったのです」

「この会場へですか？」

「とんでもない。私がロビーに呼び出されたのですよ」

とんでもない？——これは、どういう意味なのだろう？　制服の警官などが入ってきたら、確かに華やかなパーティーの雰囲気はぶちこわしになる。ただ単にそういう意味で言ったのだろうか——安積は考えた。

「そこで、何を言われました？」

「パーティーの出席者のリストを作りたいので協力してほしい——こう言われました」

憤然とした言いかただった。

主催者の側にしてみれば、パーティーを台なしにされるのだから、頭に来るのが当然かもしれない。

だが、警察からすれば、人がひとり死んでいるのだから、パーティーなど中止してあたりまえ、ということになる。

常識というのは立場によって変化するものだ。

「それで、あなたはわれわれの言葉に従ってくださったわけですね」

「そうするしかないでしょう?」

この言葉の裏には、警察機構の圧力に対する非難の響きがある――そう言ってはおおげさだろうか――。

「そうするしかない?」

「その……。つまり、警察にそう言われれば……。人がひとり死んでいるわけだし……」

「その時点でも、人が転落死したことは、パーティー出席者には告げていないのですね?」

「さすがに言えませんでしたよ。それに、そのときはまだ、亡くなったのがこのパーティーの出席者のひとりだなんて思いもしませんでしたしね……」

「時間的な点についてうかがいたいのですが。最初に警官から出来事を聞かれたのは、何時ころのことですか?」

「八時五分です」

「やけにはっきりと覚えてらっしゃいますね？」

「パーティーの主催者ですからね。いつも、進行に気をつかわなきゃならないので時計とにらめっこですよ」

「それから、約二十分後に、捜査員がやってきて、出席者のリストを作らせてほしいと言ったわけですね」

「そうです」

時間的に矛盾はない。安積は思った。

通信指令センターからの無線で、まず移動中のパトカーと覆面車に乗った機動捜査隊が現場に駆けつける。

落合が最初に出来事を知ったのは、この時点で、だろう。

やがて、所轄署から捜査員や鑑識がやってくる。彼らはひとわたり現場を見てから、関係者に事情を聞こうとする。

それまでに、二十分ほどかかっても不自然ではない。

落合にパーティーの中止を申し入れたのは、三田署の柳谷だろうと安積は思った。

「あなたは、亡くなったＴＮＳテレビの飯島典夫さんをご存じでしたか？」

「お名前だけは……。業界では有名なかたでしたからね……」

「そのようですね……。では個人的なお付き合いはなかったのですか？」

「付き合いはありません」

「飯島さんについて、何か噂を聞いていたとかいうようなことは？」

「ありません」

「では、あなたは、どうして最初に『飛び降り』だなどと言われたのですか？」

「え……」

落合は、不安そうに目を見開いた。緊張の度合いが高まるのがはっきりとわかった。

「私が、お若いのに、これだけの建物をまかされておられるのはたいしたものだ、という意味のことを言ったあとです。あなたは、確かこう言われた。ここをまかされた第一歩で、飛び降りがあった、と……」

「自殺じゃないんですか？」

「まだ何もわかっていません」

「いえ……。特に理由があって言ったわけじゃありません。何となくそう思い込んでしまったのです……」

安積は黙って手帳にメモする仕草をした。

たいした事柄を書いていたわけではない。本当を言うと、落合の氏名と年齢を意味もなく書きつけていただけだ。

だが、このポーズは尋問の相手にかなりの圧力をかける。何を書かれているか不安なのだ。

手帳から目を落合に移すと、彼は安積の顔を見ていた。眼が合った。落合は別に視線をそらそうとはしなかった。

安積は手帳を閉じた。この男は嘘を言っていないし、隠しごともしていない——そう思ったのだ。

この程度の緊張や不安はむしろ当然だ。自分が責任を持たされている建物で人が死に、それについて、普段はまず会うことのない刑事というわけのわからない連中にあれこれ訊かれている——緊張しないほうが不自然なのだ。

「飛び降り」という発言についても、落合が言ったとおり咄嗟に出たものなのだろう。それを尋ねたとき、緊張の度合いを高めたのは、単に驚いたからに過ぎないのだ。

安積は質問を打ち切ることにした。ポケットから名刺を出して落合に差し出す。

「何か思い出したり、気がついたことがあったら連絡していただきたいのですが」

落合は名刺を受け取り、うなずいた。

「でも、刑事さんが名刺を渡すのですか？」

テレビドラマでは確かにそういう場面は出てこない。背広の襟の間から警察手帳をちらつかせるだけだ。

「別に珍しいことじゃありません。よくやります」

安積は言った。「検挙するときに、容疑者に渡したりはしませんがね」

落合は、妙な顔をした。やがてその一言が冗談だと気づいたらしく、初めて笑顔を見せた。

遠慮がちではあったが、確かに笑顔だった。

安積は会釈して、落合のそばを離れた。

彼は須田に歩み寄った。須田は若い美しい女性を相手に、住所を尋ねているところだった。

安積は須田に声をかけた。

「先に署に戻っている。リストができたら、コピーを一部もらって来てくれ」

「わかりました。でも、チョウさん。刑事って役得もあるんですね」

役得？　そんなものあるものか。何を言ってるんだ？　安積は須田を見た。

須田は言った。

「俺が普通のサラリーマンだったら、こんな人の住所や電話番号、訊けませんよ」

安積は須田がすわっている机の正面に立った若い美しい女性を、もう一度見た。

須田が言った。

「ね、チョウさん。この人、女優の三奈美薫さんですよ」

「ほう……」

三奈美薫という名の女優を安積は知らなかった。彼女は安積に小さく頭を下げた。

「どうも……」

安積は言って、その場を離れた。

少しばかり、つっけんどんだったかな？　安積は考えた。いや、仕事中の刑事なんて、あんなものだろう。

だが、やはり少しばかり、彼は反省をしていた。

4

現場を離れた安積警部補はマークⅡを、築地(つきじ)、豊洲(とよす)、東雲(しののめ)、有明と走らせて、台場へ戻ってきた。

首都高速湾岸線ではなく、それと平行に走っている国道三五七を使った。

あまり知られていないが、台場『船の科学館』の正面の道へ出て、13号地公園の方向へ目をやると、道のむこうに、きれいに東京タワーが見える。

東京タワーが、おそらく都内で一番美しく見える場所ではないかと安積はひそかに考えていた。

署のいつもの場所にマークⅡを駐め、階段を上ろうとすると、潮のにおいがした。

安積はいつも不思議に思っていた。

時折、署に戻ってきたときに潮のにおいが特に強く感じられるときがある。風向きのせいかと思ったが、そうでもなさそうだった。

他の連中もそう感じているかどうかはわからない。尋ねてみたことなどないからだ。

安積は、この階段に足をかけるたびに、その理由について考えてみるのだが、いまだにわからずにいる。

階段を上ろうとしたら、聞き慣れたたくましい排気音が聞こえた。

スープラ・パトカー隊の分隊が帰って来たのだ。

三台のスープラ三台が勢いよく駐車場に飛び込んで来て、急ブレーキをかけた。

スープラは、見事に所定の位置に収まっていた。

（警官をくびになっても、おまえら、カースタントで飯が食えるぞ）

心のなかでつぶやいてから階段を上ろうとした。

「ハンチョウ」

彼を呼ぶ声がした。太くしわがれた声だ。誰の声かはすぐにわかった。

スープラ・パトカー隊の小隊長のひとりだ。名は、速水直樹。安積と速水は同期で、同じ警部補。

安積は階段を三段ほど上がったところで立ち止まった。

「しけた面だな、ハンチョウ。交機に来いよ。鍛え直してやるぜ」

「威勢はいいが、どうも妙な噂が流れ始めているぞ。ベイエリア分署のスープラ・パトカーは、暴走族とカーチェイスを楽しんだあげく、横浜のベイブリッジを見物して帰って来るってな」

「まずいな。どこからばれたんだろう。だが心配するなよ、ハンチョウ。ちゃんと切符は切ってくるから」

安積は切り上げようとして、ふと思いつき、訊いてみた。

「おまえさん、もし俺がスピード違反や酒気帯び運転をやったら、やっぱり切符を切るかい？」

「いや……」

速水小隊長はきっぱり首を横に振った。

「あんたには切符なんぞ切らない」

「ほう……」

「その代わり、その場でしょっぴいて、一晩ブタ箱に泊めてやるよ」

「何だ。夜中に話し相手が欲しいのか？」

「それほど暇じゃないさ。俺はあんたにぐっすり眠る場所を与えてやろうと言ってるんだ」

「おまえさん、本当にいやなやつだな」

「ありがとうよ、ハンチョウ」

速水は部下たちと笑いながら、一階へ入って行った。

警察署で、警官たちの机が並ぶ大部屋を「コウカイ」と呼ぶ。

警察官でもそれを正確に漢字で書ける者は少なくなりつつある。「公廨」と書く。役所の意味だ。

刑事捜査課も、二階の公廨の一角にある。その他、警ら課や総務などほとんどの課がここに入っている。

だが、ベイエリア分署の花形、交機隊は、交通課とともに一階の広いスペースを占めていた。

安積たち刑事捜査課は日勤だが、交通課や警ら課、機動捜査隊などほとんどの警官は、日勤、第二当番、第三当番、非番の四交替制だ。

第二当番というのは午後四時に出勤して、午前零時まで任務に当たる。速水は第二当番なのか、と安積は思った。

部屋に戻ると、町田課長はすでに帰宅していた。

もしかしたら、誰かを接待しているのかもしれない。それはそれでつらい仕事だ。自分にはとてもつとまらないと安積は思った。

町田課長は警部だ。

テレビドラマでは警部が大活躍だ。コジャックはマンハッタン南分署の、コロンボはロサンゼルス市警察の警部だ。

しかし、日本では警部が現場に出てくることはあまりない。警部というのは、県警や警視庁の警察署においては課長、警察庁においては係長か管区局課長補佐につく階級なのだ。

つまり、管理職というわけだ。

もちろん、十人十色でさまざまな警部がいる。顔を出す必要がなくても現場に出たがる警部はたくさんいる。

実際に、捜査に加わっている警部がいないわけではない。しかし、すでにそれは彼の本来の役割ではない。

アメリカとは、そもそも警察のシステムが違っているのだ。

町田は典型的な管理職だった。

安積はそれはそれで悪いことだとはちっとも思っていなかった。

彼は町田に対して批判的ではない。

決して嫌いではない。しかし、好きでもない。つまり、あまり町田という男に関心がないのだ。

上司というのは、どんな人間でも煙ったい存在だ。しかし、安積はそういった気持ちすら、町田に対して抱いていない。

公廨には、第二当番の制服警官がいる。

刑事捜査課の机が並んでいる一帯を、昔ながらに刑事部屋などと呼んでいるが、別に、仕切りがあるわけではない。

あるとすれば、刑事という、警察組織のなかの誇り高いはみ出し者たちへの心理的な壁だろうと安積は思った。

刑事捜査課には、今、安積しかいなかった。大きな署になると、捜査課もいくつかの係に分かれてくる。

その係は、警視庁の課の分類に倣うのが普通だ。

つまり、警視庁の捜査一課は、殺人、傷害、強盗、放火などの「強行犯」と、誘拐、ハイジャックなどの「特殊犯」を扱うが、各警察署の一係も同様の犯行を扱う。警視庁捜査二課と各所轄署の二係が同様に「知能犯」を、また、捜査三課は、盗みやニセ札などを扱い、各署の三係も同様――といった具合だ。

警視庁の捜査三課というのは一般には影が薄いように思われがちだが、扱う件数はむしろトップクラスだ。

また、捜査四課は有名なマル暴――つまり、暴力団担当だ。ここは、また一課とは違った独特の凄味を持った刑事たちがいる。

ベイエリア分署のような小規模な警察署の刑事は、事件となれば何でも手がけなければならない。

安積は、部下の机を見わたすような形に置かれた自分の机を眺めた。

乱雑な机。

書類が未整理のまま放り出されている――別に、安積は放り出したつもりはないのだが、今はそう見える。

連絡票、メモ書き、部下が作成した報告書、その他、役所の手続き上で必要な伝票や申請用紙の類。

安積はそれらをまずひとまとめにして「未決」と書かれた箱のなかへ放り込んだ。

そこへ村雨が帰ってきた。大橋を連れている。

安積は、まず、今の乱暴な書類の扱いについて村雨に見られやしなかっただろうかと思った。

そして次の瞬間、そんなことを考えている自分を恥じた。

今はそんなことを気にしているときではないし、実際、見られたとしても、どうということはないはずだった。

しかし、村雨という男は、そういうことを気にさせる何かを持っている。その点が安積は妙にひっかかるのだった。

「三田署で検視を済ませてきました」

村雨が言った。

「ごくろうさん……」

安積は感情を込めずに言った。それが習慣になっている。部下たちも慣れてしまって、別に無愛想だとは思っていないはずだ――安積はそう考えていた。

そう考えたいと思っていた。

村雨は安積の机に近づいてきた。大橋もそれに倣った。

安積は村雨の顔を見て、無言で話をうながした。

村雨は淡々とした調子で話し始めた。

「三田署では、ホトケさんを明日解剖に回すと言ってましたが、その結果を待つまでもなく、ありゃ他殺ですね……」

「殺人かね？」

「ええ……」

「誰かが突き落とした、と……？」

「いえ……。詳しいことは、解剖の結果を待たなきゃなりませんが、ホトケさんは、落ちるまえに死んでますね。ここんところに――」

村雨は自分の喉の脇を指差した。「ひっかき傷がありましてね、マル害の爪を調べたら少量の皮ふと血がついていました。つまり、自分でひっかいたんですね。そして、明らかに絞められた跡がありました」

安積はうなずいた。

今回、村雨が初めてマル害――つまり被害者という言葉を使った。これは事件がすでに成立してしまっていることを意味している。

被害者を指す言葉で、ガイシャという符丁が一般に知られているが、最近では、村雨のようにマル害という場合が多い。

「つまり」

安積は言った。「首を何かで絞められた。そいつが喉に食い込んだ。それを引きはがそうと必死で自分の首に爪を立ててしまった。そういうことか」

村雨が、間違いない、という顔でうなずいた。

「死んだ後で誰かが落としたということになるのか……」

「当然、そうでしょう」

「なぜだ？」

咄嗟に安積はそう言っていた。

村雨が意外そうな顔をした。

「事故か自殺に見せかけたかったのでしょう？　そうとしか考えられませんよ」

そうか、そうとしか考えられない、か——安積は思った。村雨は立派な刑事だ。しかし、いつかは大きな失敗をするのではないかと心配していた。

心配？　いや、ひょっとして期待か？

そんなことはないはずだ。村雨は俺の部下なのだ——安積は思った。

「だが、今、俺たちは他殺だと思っている。初動捜査だけでだ。首に絞殺のはっきりした痕跡（こんせき）……。こいつはどう説明する？」

「係長。相手は素人（しろうと）ですよ。そこまで考えなかったんじゃないですか？　つまり、高い場所から落ちれば、事故か自殺の可能性があるから、警察を煙（けむ）に巻くことができる——それくらいに考えていたのでしょう。何の不思議もありませんよ」

安積は大橋のほうを見た。村雨の斜めうしろにひかえめに立っている。

「大橋。おまえはどう思うんだ？」

「は……」

まさか自分が何か訊かれるとは思っていなかった表情だ。

村雨が振り返って大橋を見た。大橋は村雨の様子をうかがっているようだった。

「何か考えがあったら、いいから、言ってみろ」

村雨が言った。

大橋は安積のほうを向いた。彼はしっかりした口調で話し出した。

「いかなる可能性も無視できないと思います。普通に考えれば、確かに首を絞められて殺された後に、落とされたというのが自然です。しかし、可能性としては、あくまでも可能性としては、ですが——飛び降りた直後、電線か何かが首にからまり、それを引きはがし、再び落下、死に至ったと考えられないこともないのです」

村雨は複雑な表情で、安積の顔を見た。できの悪い子供を教師のまえで責める無責任な親のような表情だ。

彼は明らかに今の大橋の発言が不満なのだ。後で大橋は何か言われるに違いないと安積は考えた。

「本気でそんなことを考えているのか?」

安積は言った。彼は大橋の発想に興味を抱いていた。

ばかばかしいくらい突飛なことが、この世では実際に起こるのだ。安積たち刑事はそういう意味で、一般人の常識と戦わねばならないことがある。

「あくまでも可能性としての話です」

大橋が言い訳をするように言った。「僕だって、絞殺の後に、事故か自殺に見せかけるために墜落させたという可能性が一番大きいと思っていますよ。絞殺の痕跡の話ですが、犯人はやはりそこまで考えなかったのかもしれませんし、または、落下のショックで遺体がひどく破損し、絞殺の跡などわからなくなるはずだ、と考えたのかもしれません」

安積は黙ってうなずいた。

遺体の損傷を見込む、か……。そいつは悪くない……。

今度のこたえは村雨を満足させたようだ。彼の表情はいくぶん穏やかになっている。

「わかった。報告書、作ってくれ」

安積が言うと、ふたりは席に戻った。

間もなく、須田巡査部長と、黒木巡査長のコンビが帰って来た。

須田は珍しくしかめ面をして黒木と話しながら部屋に入ってきた。

彼は、いつも、丸い顔に笑みをたたえて入ってくる。その笑いが、あるときは、いたずらっ子のようであったり、またあるときは、慈悲に満ちた聖人のようであったり、そして、あるときにはゴシップ好きの中年主婦のようであったりする。

「チョウさん」

須田は不機嫌そうな顔のまま机に近寄ってきた。

「パーティー出席者のリストです。コピーですが……」

「オリジナルはどこにある?」

「三田署が持って行きました」

「まさか、おまえさん、今さらそんなことでむくれているんじゃないだろうな?」

「え……?」

昔の人はうまいことを言ったものだと安積は感心した。「鳩が豆でっぽうをくらう」か……。今の須田の表情は、まさにその表現がぴったりだった。

須田は訊き返した。

「むくれてるって……俺がですか?」

「少なくとも機嫌がいい顔じゃないな。刑事をやめたくなったか?」

「やだな、チョウさん……。ははあ……。わかりましたよ、チョウさんの言ってることが……。いえね、黒木とちょっと話し合っていましてね……」

黒木が言った。

「僕が説教をされてたんです」

「説教? 須田、おまえが黒木をか?」

「いえ、そんな大げさな話じゃないんですよ。黒木がね、このリストのコピー、もう一部取って私物化しちゃおうか、なんて言うものですからね……。そいつは立派な犯罪だぞって言ったんです」

「リストを私物化?」

「ええ……。ほら、女優とかタレントとかの住所や電話番号が書いてあるでしょう」

「本気で言ったわけではありません」

　黒木が言った。

　そうだろう、と安積は思った。

　黒木は生真面目な男だ。机の上は常に整理整頓をしろと警察官はうるさく言われる。四交替制の警官たちは、公廨の机も交替で使用するから、当然整頓されねばならない。

　しかし、日勤の刑事は、机を独占できるのでどうしても、散らかってくる。日常の多忙さもその原因のひとつなのは間違いない。

　黒木の机の上は、いつもきれいに片づいている。几帳面な性格なのだ。

　一流のスポーツ選手は、神経質な一面を必ず持っている。黒木の性格はそれに似ていた。

「本気じゃないといったってですよ、チョウさん。やっぱり、俺、そういうの、まずいと思うんですよね」

　須田の良さでもあり、悪さでもある。冗談を冗談として受け流せないのだ。

　彼は黒木を信頼している。だからこそ、黒木の不真面目な発言を聞いて不機嫌になったのだろう――安積には、その気持ちがよく理解できた。

「高く売れるかな、このリスト……」

　安積は言った。

「チョウさんまでそんな……」

須田は苦笑いしている。

安積はリストのコピーを「未決」の箱に入れた。

ふと気づくと、村雨と大橋が書類作りを始めるところだった。

どうしてこいつらは早く帰ろうとしないのだろう。

「おい、みんな。報告書は明日でいいんだ。さあ、一杯やる時間があるうちに早く帰れ」

5

安積は、青葉台のマンションに着いたとたん、無性に酒が飲みたくなった。

三階まで階段で上がり、部屋のドアにキーを差し込む。

冷たい鉄のドアが開き、そのむこうは、やはり冷たい暗がりだった。家族のにおいはない。

靴を引きはがすように脱ぎ、小さな三和土（たたき）から廊下へ上がる。

左手にトイレと浴室のドアが並んでいる。右にあるドアは洋間で、娘の涼子（りょうこ）が暮らしていた部屋だ。

廊下をまっすぐ進むと、リビング兼ダイニングルームの扉がある。

リビングに入り、出入口の脇にあるスイッチを入れた。蛍光灯が点（とも）った。

安積はガスのファンヒーターをつけ、サイドボードに歩み寄った。酒を出そうと思ったのだった。

サイドボードのなかは、がらんとしていたが、ウイスキーの瓶が残っていた。

その瓶を取り出そうとして、サイドボードの上に飾ってある写真が眼に入った。娘の涼子の少女時代の写真だ。

妻の写真は一枚もない。なかったはずだと安積は思っている。

彼らの結婚生活で残ったものと言えば、涼子とこのマンションの一室だけだった。

中古マンションで、二十年ほど昔だったので何とか手に入れることができた。もっとも、安積はまだこのマンションのローンを払い続けている。

信じ難い土地高騰の嵐が吹き抜けた今となっては、都内のこんないい場所で安積にマンションが買えるはずはない。

刑事の給料は、その激務に反して驚くほど安い。

安積は写真を見つめた。

たぶん小学校高学年くらいだろう。いつ撮ったのかも覚えていない。誰かが撮った写真をもらったのかもしれない。

涼子には妻の面影があった。

今、いくつだったろう……。安積は考えた。確かついこのあいだ、二十歳の誕生日を祝ったばかりだった……。

二十歳の娘……。これは安積にとってやっかいな問題だった。

妻に対しては、今や何の感情もない。つまり、これは肯定的な意味だ。憎しみや嫌悪感を抱いていないということだ。

険悪な仲になってしまった男女にとって、最も問題なのはいっしょにいることだ。

だから、安積は離婚したのだ。

妻は安積の仕事中心の生活についていけなかったのだ。

妻が悪いわけではないと、安積は常に考えていた。そして、自分が悪いわけでもない。

誰が悪くなくても、こういうことは起こるのだ。

彼は、ウイスキーの瓶を取り出し、台所へ行った。リビングの一角に流し台がついているようなものだ。

流し台のなかには、洗っていないコップがいくつかあった。

安積はそのなかから、カットグラスを取り上げ、洗った。冷蔵庫の製氷器から氷を出しグラスに入れる。

その上からウイスキーを、グラスいっぱいに、なみなみと注いだ。

応接セットのソファに身を投げ出し、ネクタイを外して放り出した。

グラスの三分の一ほどのウイスキーを一口で飲んだ。

ウイスキーは一気に食道を下っていき、腹のなかで燃え上がった。

安積は目を閉じてその感覚を味わっていた。大きな溜め息をひとつつく。

グラスを右手に持ち、揺らして氷を鳴らしながら、ぼんやりと室内を見た。

部屋のなかは散らかっていた。もうどれくらい掃除をしていないか忘れてしまっていた。

応接セットにサイドボード、そして二十九インチのテレビがある。

このテレビは、最近ではほとんど観る者もいない。

いつかこの部屋に団欒と呼べるものが生まれることはあるだろうか?

安積は考えた。

広い部屋だ。いわゆる3LDKだ。今の安積には広すぎる。

買った当時に比べればかなり値上がりしているはずだから、売ってしまえと言う知人も少なくなかった。

そうして、独り身の男に合ったつましい部屋に住めば、生活も少しは楽になる、と。

しかし、安積はこの部屋から動く気にはなれなかった。

忙しくて引っ越しなど考えている暇はない――これが周囲に対する言い訳だった。

だが彼は、理由がほかにあることにすでに気づいている。そして、その理由について、できれば自分では認めたくないと思っているのだ。

彼らの結婚は失敗だったかもしれない。しかし、やり直そうと努力しなかったことも確かだった。

娘が二十歳を過ぎた今、もしかしたら、妻が戻ってくるかもしれない――安積は心の片すみでそう考えているようだった。

そして、彼女が戻ってくるとしたら、ふたりでようやく手に入れたこのマンションの一室しかないのだ。

気がついたら、グラスが空になっていた。

安積はもう一杯注いで、今度はゆっくりと飲んだ。

十二時を過ぎるころ、酒のせいで、多少気分が良くなってきた。

もともと酒がなくてはいられないというほうではないが、弱くもない。

彼は、洗面所へ行き、歯ブラシを手にした。鏡をのぞき込むと、そこに、くたびれ果てた中年男の顔が映った。

酒のせいで、頬と白眼が赤味を帯びている。

安積は、鏡にむかって笑いかけた。鏡のなかの中年男も笑った。

「まだまだ捨てたもんじゃないな、え?」

彼は声に出してつぶやいていた。


八時に出勤すると、すぐに町田課長に呼ばれた。

安積は、出来合いのスチール板で仕切って作った課長室へ入った。

「殺人事件が成立しそうだというじゃないか。私は何も聞いていない」

「いったいどの件のことをおっしゃっているのですか?」

「TNSテレビのプロデューサーの件だよ。ゆうべ転落死した」

安積は驚いた。まだ朝の八時だ。町田課長は、いつどこでその話を聞いたのだろう。

警部ともなれば、安積たち現場の人間にはわからない上のネットワークがあるのかもしれない。

安積は、そのことについて尋ねるのはやめた。

「まだ事件として成立したわけではありません。事故死や自殺の可能性も残っています。確か三田署では、今日、遺体を司法解剖に回す手続きを取ると言っていました。結論は、解剖の結果を待ってからでしょう」

「そうか……。また私は蚊帳の外に置かれたのかと思ってな」

明らかに皮肉の口調だった。安積は気にしなかった。

「部下の報告書も、今日提出させることになっています。課長への報告はそれをまとめてからと考えておりました」

「わかった」

町田はうなずいた。「だが、今回は注意深くやってくれ」

「は……？」

「マル害がマスコミ関係者だろう。マスコミの連中が鵜の目鷹の目で警察の周囲をうろつく。いつにも増して、抜いた抜かれたの競争が激しくなるはずだ」

「わかりました……」

安積は、軽く一礼して部屋を出た。

席に戻ると、桜井太一郎巡査がお茶を淹れて持ってきた。

「すいません……」

「何だ?」

「ゆうべは初動捜査に参加できなくって……」

「呼ばなかったんだ。かまわんさ」

何も全員をかき集める必要はない。手のあいている者が行けばいいのだ。それに、きのう、桜井巡査は宿直明けでそのまま勤務についていたはずだ。

事件が山場にさしかかっているときは、刑事たちは不眠不休を強いられる。安積だってそういったときに、部下に休めとは言わない。

だが、そうでないときにも無理を続ける理由はない。休めるときに休んだ人間が勝つ。

安積はそう考えていた。

「でも……」

桜井はまだ不満そうに立っている。

「ん……?」

安積は書類から顔を上げた。

「村雨さんが……」

「村雨が何か言ったのか?」

「あ……、告げ口するわけじゃないから、村雨さんには聞かなかったことにしておいてください」

妙な言い草だな――安積は思った。私よりも村雨を上司として恐れているのか？

「何だ、言ってみろ」

村雨は席を外していた。彼が遅刻をするはずはないから、どこかへ用事で出ているのだろうと安積は考えた。

桜井は言った。

「おまえはここじゃ一番若いんだから、真っ先に現場に飛んで来るようでなければいかん、と村雨さんが……」

「そうか」

村雨がそう言ったか。

言っていることは間違いではない。ただし、そうした精神主義を押しつけるのはあやまりだ。

警官は概して、その間違いを犯しがちだ。教育体系が旧陸軍に似ているからだ。

刑事も、新米のころは「お茶くみ三年」などと言われる。桜井が毎朝せっせとお茶を運んでくるのは、安積が望んだことではない。

おそらく――現場は見ていないが――村雨が、そうした訓示を桜井に垂れたのだろう。

それ以上安積が口を開こうとしないので、居心地が悪くなったのか、桜井は自分の席に戻った。

桜井は、まったく何事もなかったような顔をしている。言うべきことは言ってしまったという態度だ。傷ついた顔をしているのが須田三郎部長刑事だ。

代わりに、

「気にしなくたっていいんだ」

須田は桜井に言った。「どうせ三田署の案件なんだ」

「は……？」

桜井が不思議そうな顔をして須田を見た。

桜井は須田の表情を見て、初めて恐縮したように言った。

「はい……」

安積は、せっせとたまった書類を片づけていた。これほどまとまった時間が取れる日は珍しい。

電話が鳴った。桜井がさっと受話器を取る。

「係長にです」

安積はランプのついているボタンを押して受話器を取った。

「はい。安積……」

「いつも言っているだろうが」

「は……？」

「私が湾岸分署の安積警部補だ――こう、堂々と名乗れとな」

相手がわかった。

できた。

K大学付属病院の外科医、佐伯英明だった。司法解剖は彼の専門で、自然と付き合いが
彼はすでに五十歳になるはずだが、地声が大きく、実に生きいきとしている。

安積警部補は、彼に妙に気に入られていた。

「ご無沙汰しています」

「おう。おまえさんたちの無沙汰は元気でやってる証拠だ。電話したのはほかでもない。

三田署が持ち込んだ死体だ。おまえさんがタッチしていると聞いてね」

「ええ。初動捜査に呼び出されました」

「三田署に報告するまえに、一報入れとこうと思ってな」

「何か特別なことがわかりましたか?」

「気管の咽頭部がつぶれており、頸部の一部に鬱血がある。墜落死ではまず考えられない
痕跡だ」

「それに、首筋の傷と、爪の間の皮ふに血でしょう」

「そう。それもある」

「首を絞められて殺されたのですね?」

「そうだ。肺のなかのヘモグロビンの酸素濃度から、われわれは、あのホトケさんが、墜
落して、衝撃を受けるまえに窒息死していたものと考えている。だがな、安積さん。いつ
殺されたのかとなると、ちと問題なんだ。死亡時間てえのは、どんなに厳密に調べようと

しても二時間の誤差は出るんでね。例えば、眼球の水晶体のなかのナトリウムとカリウムの比で調べたりするわけだが……」

「そこから先は、私らの仕事ですよ」

「安積さんや。三田署よりも先に、あんたにこうして情報を流してんのも、あんたに手柄を取ってもらいたいからなんだよ」

「……そいつはどうも……」

「あんたは手柄を立てて、どんどん顔を売って出世しなけりゃならないんだよ。部下のためにも、ベイエリア分署のためにも、な」

警察ってのは、出る杭は打たれるってところなんですよ——その言葉を安積は呑み込んだ。

「せいぜい努力しますよ」

「それから、これは何の助けにもならないかもしれないが、ホトケさんは、アレルギーか不安神経症のために薬を飲んでいたようだ」

「アレルギーか不安神経症？」

「そう。パモ酸ヒドロキシジンという薬品が血液中から検出された。こいつは『アタラックス-P』という名で商品化されている薬でね……。アレルギー性の発疹の治療や、精神安定剤として使われるんだ」

「どんな小さなことでも、必ず役に立つものです」

「そう言ってくれると、電話した甲斐があったというもんだ」

電話が切れた。安積は受話器を戻した。

村雨が大橋を従えて入ってきた。村雨が近寄ってきて安積に言った。

「三田署に寄ってきました」

「三田署に……？」

「ええ……。おそらく、本庁と三田署とそしてうちの合同の捜査本部が置かれると思ったもので……」

「……で？」

「ええ。そろそろ三田署では準備を始めていましたね」

そんなところへ顔を出してどんな仕事があるのだろう――安積は不思議に思った。

しかし、村雨には村雨のやりかたがある。彼が行けば、おそらく私が思いもしないような仕事があるのだろう、と安積は考えた。

「そうか。ごくろう……」

それだけ言って安積は眼を机上の書類に戻した。

また電話が鳴り、大橋と桜井が先を競って受話器を取った。桜井の勝ちだった。

「13号地公園に変死体？」

桜井が言った。

刑事たちは顔を上げる。しかし、テレビドラマのように、はっと驚くような表情をしたのは須田だけだった。

彼は、そうしなくてはならないと、かたくなに信じ込んでいるとしか思えない。

桜井は素早くメモを取った。

その姿を見るとはなしに見て、安積は思った。こいつも一人前の刑事らしくなってきたじゃないか。だが、そのらしさは少しばかり問題だ……。

桜井が報告した。

台場の13号地公園で、死んだように動かぬ人がいるという一一〇番が入り、警ら課の係員が急行しているという。

安積は思った。縄張りのなかでの一一〇番だ。刑事捜査課が知らんぷりを決め込むわけにはいかないだろう。

「須田、黒木。行ってくれ」

「はい」

黒木は、書きかけていた昨夜の報告書を素早く片づけると、きびきびと立ち上がった。全身がバネのような、見ていて小気味よい動作だ。

一方、須田のほうは、すべてにもたもたしているように見えた。

黒木といっしょに行動しなくてはならないのだから、彼もたいへんだ。同じことをやっていても、黒木と比較されればのろまに見える。

ふたりが出て行くと、町田課長が部屋から顔を出した。

安積は気づいたが、書類から顔を上げなかった。

「安積くん……」

町田が言った。

「はい」

初めて気づいたように、安積は町田警部のほうを向いた。

「今、本庁から連絡があってね。三田署に、例の件の合同捜査本部を設置することになったというんだ。うちからも何人か出すように言われたんだが……」

「わかりました」

「午後一時から、第一回の捜査会議を開くそうだ。遅れないようにな」

「はい……」

町田は顔を引っ込め、ドアを閉めた。

安積は言った。

「村雨、おまえさん、行ってくれるか？」

「わかりました」

そこで、安積はふと思いついた。

「桜井。村雨といっしょに行ってくれ。大橋は、今日は私と組むんだ」

三人が同時に安積のほうを見て、けげんそうな顔をした。

安積は、そのときにはもう視線を机の上に落とし、書類を見つめていた。誰とも眼を合わせたくなかったのだ。

たぶん、村雨は疑問に思っているだろうと安積は思った。あるいは不満に……。

しかし、もし大橋が誰かの助けを必要としているなら、何とかしてやらなければならない。

甘ったれていては一人前の刑事にはなれないと、先輩刑事はよく言う。それは本当だと安積は思う。

だが——と安積はさらに考える。一人前の刑事を志しながらも、途中でつぶされてしまったらどうなるのだ?

人の一生の問題だ。

そう軽々しく扱ってはならないはずだ。性格は人によって違うし、無理に組織に合わせる必要はない。

さまざまな個性が集まってこそ、魅力のある集団が作れるのではないか——しかし、こうした考えかたは、警察という特殊社会のなかでは少数派だった。

村雨が報告書を提出に来た。大橋の分もそろっている。

安積はうなずいて受け取った。顔は上げなかった。

何となく村雨と眼を合わせづらかった。

6

十二時十分前、久し振りにゆっくり昼食がとれると思っているところへ、通信室から連絡が入った。

港区に、緊急配備の一斉指令が流れたという。

自動車の窃盗が相次ぎ、中央、築地、月島、そして湾岸分署の警ら課が、組織的な犯行と見て捜査課に回してきた案件だった。

安積たちも関わっている案件だ。

村雨と桜井は一時までに三田署へ行かなければならない。

「大橋。覆面のマークIIを運転してくれ。キーは桜井が持っている。マークIIのなかで無線を聞くんだ」

「はい」

大橋は勢いよく立ち上がった。

そうまでする必要はない——安積は一瞬思った。やる気を見せるのはいいが、やりすぎると、いろいろな問題を起こす。例えば、私と村雨の間に……。

「係長」

村雨が言った。「俺たちが出かけると、ここはカラになっちまいますが……」

驚いたな。安積は思った。おまえほどの有能な男が、そんなことにも対処できないのか?

それとも、何か起こったときの責任逃れをしようとしているのか?

「じきに須田たちが戻るはずだ。彼らと入れ替わってくれ。もし、おまえさんたちが出かけるまで須田たちが戻らなかったら、課長にひと声かけて行ってくれ」

「わかりました」

安積は声を落として、言った。「それから、何か起きて責任をなすりつけたくなったら、相手は私じゃなく町田課長にしてくれ」

村雨は笑った。

そう。こういう共犯意識を持ち合うのも悪くはない……。安積はそう思いながら、刑事部屋を出た。

彼がいつもの鉄材むき出しの階段を降りて行くと、すでにマークIIのエンジンは始動していた。

桜井もよく動くほうだが、ここまではやらない。

大橋の行動は、よく訓練された犬を安積に連想させた。

よく訓練されるのはいいことだ——安積は思った。だが、犬はいけない。刑事はあくまで、自分で考え、自分で行動することを学ばねばならない。

安積が助手席に乗り込むと、大橋はすぐに車を駐車場から出した。

「どこへ向かいますか?」

大橋が真正面を見て律儀に尋ねた。

「どこでもいいさ。おまえさんの行きたいところへ行くんだ」

安積が思ったとおり、大橋は戸惑っているようだった。

別に安積は大橋をいじめるつもりもなければテストしようと思っているわけでもない。

まず、そのことをわからせなければならなかった。

「地域系の無線、聞いてるんだろ。それに従えばいいだけのことだ。いいか。キンパイだからって何もあわてることはない。獲物が近くまで来たときに息をひそめればいい。わかるな」

キンパイは緊急配備の略だ。

「はい……」

大橋はまだ安積の真意を計りかねている。

もともと猜疑心の強いタイプなのか、それとも、今の職場のせいでこうなってしまったのか——それは安積にはわからない。

知る術もない。

しかし、安積には、どうも自分たちの責任のような気がしてしかたがなかった。特に、こうして、車のなかにふたりきりでいると、この部下のことを何とかしてやりたいと思う。

大橋はとにかく、この人工の島から出ることにしたらしい。当然の結論だ。台場で張っていて、犯人が飛び込んで来る確率はほとんどない。

安積たちに先行して、スープラ隊の一分隊が、にぎやかに出て行った。

彼らは、すぐに高速の入口へ入った。

「俺たちは下を行こう」

安積は言った。「派手なハイウェイ・パトロールを陽動作戦に利用するんだ。こっちは、そっと一般道を行く……。わかるな？」

「はい」

大橋は江東区回りで陸へ上がった。

晴海通りへ出て、流し始める。安積は、ほぼ絶え間なく入る地域系の無線を聞いていた。

完全に集中しているわけではない。眼は、ぼんやりと周囲の景色を追っている。

人通りが少ない景色——東京というのは実にたくさんの顔を持っている。

中央署管内で、パトカーからの無線が入った。

「中央3からPS、および各移動へ。マル対発見。現在、八丁堀。新大橋通りを日本橋方面に向かって逃走中」

「PS、了解」

「あ、中央3からPS。今、マル対は永代通りを右折。門前仲町方面へ向かった。繰り返す。マル対は門前仲町方面へ向かった」

「PS、了解」

「中央1、了解。追跡します」

安積は何も言わず無線を聞いていた。PSというのは、ポリス・ステーション。つまり警察署のことだ。

マル対というのは、対象人物、あるいは対象物を表わす。

所轄署名のあとの番号は、移動局の番号で、中央3というのは、中央署のパトカーだ。

パトカーのリアウインドウに白い文字で、所轄の署の名前と番号が記されている。

もちろん覆面車にもパトカーの番号は割り当てられている。安積のマークIIは臨海30だ。

臨海署の1番をつけているのは、スープラ小隊の小隊長、速水警部補の乗るパトカーだ。

大橋はアクセルを踏み込んだ。

グレーのマークIIは勝どき二丁目の交差点で右折しようとした。道が混んでいる。トラックが多い。

大橋はのしるでもなく、クラクションを鳴らすでもなく、じっと右折の順番を待った。

彼はあせってはいない。無線という、相手にはない武器を持っている自覚があるのだ。

実際、警察の武器は拳銃や棍棒ではない。機動隊の粗暴さでもない。

密で確実な連絡網なのだ。

右折し清澄通りに入ると、大橋は飛ばした。

安積は、磁石でルーフにくっつける回転灯を出そうかと考えたが、やめた。

獲物にくらいつくまで牙は隠していたい。

「飛ばし過ぎるなよ」

安積が言った。

「交通課につかまって、キップ切られるのはいやだろう」

「慣れてますよ」

大橋が言った。「何とか言いのがれをして見せます」

安積は驚いた。素直にスピードを落としてしまうかもしれないと思っていたのだ。

大橋は、冗談に冗談で返したのだ。彼はかすかにだが笑っていた。確かに笑っていた。

間違いなく、彼は高揚している。村雨といっしょに刑事部屋(デカベヤ)にいる大橋ではない。

大橋は、永代通りへ右折した。ちょうど、地下鉄・門前仲町駅の前だ。

五十メートルほど先に、回転灯をつけ、サイレンを鳴らしたパトカーが見えた。

その前を、メタリック・グレーのベンツが走っている。

ベンツの運転手の腕はたいしたものだった。車と車の間を縫うようにすり抜け、時速百二十キロほどで疾走している。

信号を完全に無視している。

その点パトカーのサイレンは、このベンツにも味方していた。他の車が道を空け、また交差点内に入らぬようにしていた。

「あいつです、係長」

大橋が言った。生きいきとした声だ。

安積は無言で、ダッシュボードの下から、コイル状の電線がついた赤い回転灯を取り出す。

窓を開け、それをルーフに取り付けると、サイレンのスイッチを入れた。

「ようし、行け」

安積は大橋に言った。

周囲の車のドライバーたちが驚いているのがわかる。これが楽しくないといえば嘘になる。

普段のつらい仕事の代償だ。これくらいの楽しみは勘弁願おう——安積は思った。

大橋も実にはつらつとハンドルをさばいた。

安積は、無線のマイクを取った。

「こちら臨海30。マル対を発見。追跡中のパトカーに合流する」

「PS、了解」

「警視庁通信指令室、了解」

「臨海30。そちらを確認。あんたらの前を走ってんのは中央3だ」

「中央3。臨海30了解。やつはどこへ向かってるんだ?」

「このままだと海へ出ちまいますがね……」

「各移動。こちら臨海30。門前仲町から日本橋にかけて、巡回中の者はいないか?」

「臨海30。こちら中央1。晴海通りを並走している」

「臨海30。こちら警視庁通信指令室。今から七方面の地域系でも一斉を流します」

「指令室。臨海30、了解。マル対は、おそらく、高速に入るつもりだ」

「道路封鎖の要請は？」

「今は必要ない。マル対のベンツは、高速湾岸線に入れさせろ」

「通信指令室、了解」

「中央3、今の話は聞いた」

「中央1も了解」

「さあ、大橋」

安積は言った。「獲物を網に追い込むんだ」

車で逃げ回るには東京はあまりに混雑している。

犯人は、自然に高速道路へ向かう。もちろん、ゲートで料金を払ったりはしない。無視して通り抜けるか、赤ランプがついている誰もいないゲートを突破するのだ。

「臨海30。こちら臨海1。通信を傍受」

臨海1？　安積は思った。速水が乗っているんじゃないのか？　彼の声ではなかった。

安積は思い出した。速水は今日は非番なのだ。パトカーは交替で使う。別の小隊長が乗っているのだ。

「臨海1。いつもの手だ。よろしく頼む」

「安積係長ですね。了解しました」

大橋は、運転に神経を集中している。当然だ。ただでさえ、神経を使う都内の道路を、猛スピードで駆け抜けなければならないのだ。

サイレンと回転灯は、混雑した道ではあまり役に立たない。

脇によけようとしても、よけるだけの空間がないのだ。

不注意な歩行者にも注意しなければならない。

緊急自動車のサイレンが鳴っているにもかかわらず、信号が青だからといって横断歩道を渡ろうとする人がいる。

救急車にひかれでもしたら、洒落にもならない。

急に周囲にパトカーのサイレン音が増えた。

通信指令室が七方面――つまり、葛飾、墨田、江東、江戸川の各区あての周波数で一斉指令を流したのだ。近くの深川署の巡回車が合流したのだろう。

「臨海30から各移動へ。首都高速湾岸・新木場の入口以外の道路を封鎖。緊急の安全対策措置だ」

「中央3、了解」

「中央1、了解」

安積はすぐさま、チャンネルを、七方面の周波数に切り替えた。

通信指令室が、安積の要請を繰り返しているのが聞こえた。

続いて各移動からの返事が入る。

「深川2、了解」

安積は、すぐさま、チャンネルを、一方面の周波数に戻した。

大橋が、舌なめずりするような口調で言った。「このまま行くと、新木場の入口です」

「追い続けろ」

「うん……？」

大橋がつぶやいた。「入口を過ぎた……」

「くそっ。湾岸に追い込めなかったか……。ここまでくれば、得意のフォーメーションでいけると思ったんだがな……」

安積は大橋と同じ次元に立っていた。

「いや、待ってください……」

大橋が言った。「係長。この先から向こう側へ回り込むようです。千葉方面の入口じゃなく、横浜方面の入口に向かっているんです」

安積は無線のマイクを取った。

「臨海30から、臨海1へ。マル対のメタリック・グレーのベンツは、横浜方面へ向かう模様」

「臨海1、了解」

「深川3、了解」

「深川5、了解」

「うまく、いきそうです、係長」

「さ、俺たちも湾岸に入るぞ」

「ハイウエイ・パトロールにまかせるんじゃないんですか?」

「いいから、ついていけよ。面白いものが見られる」

「面白いもの?」

「おまえさん。このマークIIで、あのベンツについていく自信、あるかい?」

「やってみましょう。この車、係長のお気に入りなんでしょう?」

「悪くない」

「俺の腕も悪くないと思ってるんですよ」

湾岸道路に合流するために、大橋はさらに加速した。

いつもそうだ——安積は思った。ドイツ車の性能には恐れ入る。ドイツ民族が機械に込める情熱にはいつも感心させられる。ギルドか何かの影響がまだ残っているのだろうか? それとも、もともとの民族性なのか?

大橋はたいへんよくやっている。

だが、じりじりとベンツは遠ざかって行く。マークIIだって、負けないくらいの性能はあるはずだ。しかし、根本的に何かが違う……。

安積は思わず奥歯を噛みしめていた。マイクをつかむ。

「臨海1。こちら臨海30。ショウはまだか?」

「臨海30。ご心配なく。ショウタイムです」

無線の返事があったとたん、マークIIの両脇をすり抜けるように何かが追い越して行った。

「何だ？」

思わず安積は声を上げていた。

大橋は信じられない、といった顔で言った。

「白バイです」

「白バイ……？」

「ホンダGL1500。新しく、うちに二台配備されたんです。知りませんでしたか？」

「話は聞いている。だが、わざわざ交機隊へ見物に行くほど暇じゃないからな……。実際に走っているのを見るのは初めてだ」

安積は二百キロ近いスピードを出していると思われる怪物バイクの後ろ姿を見つめた。

もはや、あいつはバイクではないな……。彼はそう感じた。

二台のモンスター・バイクは、メタリック・グレーのベンツに追いつき、一台が前方へ回り、一台が右側についた。

ベンツが幅寄せをして、右横の白バイを追い払おうとした——あるいは、押し倒そうとしたのか？

百数十キロで疾走中のバイクが転倒したら、ライダーはまず助からないだろう。

「危ない！」

思わず大橋がつぶやいた。

しかし、ホンダGL1500の安定感はすばらしかった。

車に体当たりされてもびくともしない。

白バイは、車に向かって停止するように合図した。ベンツはスピードをゆるめようとしない。

さらにベンツは加速して、二台のバイクの間――つまり右前方に飛び出した。バイクをふり切ろうというのだ。

まさにそのとき、スープラのパトカーが路肩から急に現れた。

大橋は、思わずブレーキを踏んでいた。もちろん、マークIIとの車間距離は充分にあり、あわててブレーキをかける必要もないのだが……。

急ブレーキが必要だったのは、ベンツだった。

フルブレーキをかけ、ハンドルを切った。そのため、テールが流れスピンしてしまった。

ベンツはようやく止まった。

タイヤが白煙を上げている。

前方にスープラ、後方に二台のモンスター・バイク。

彼らは、拳銃を抜いて運転席へ向けた。濃いブロンズ・ガラスのため、車内は見えない。

やがて、運転席と助手席のドアが開き、若い男たちが手を上げて姿を現した。

「アメリカの警察ドラマを見ているみたいだ」

車を路肩に寄せて駐めた大橋が、その様子を見て言った。

「ようし、捕って来い」

「え……」

大橋は実に意外そうな顔をした。「俺がですか?」

「そうだよ。おまえさん、コジャックやコロンボが自分で手錠かけるところ、見たことあるか?」

大橋は車を降りて、犯人に近づいた。彼は手錠をかけた。

その瞬間まで、ハイウェイ・パトロールたちの四つの銃口は、微動だにしなかった。

7

安積と大橋が刑事部屋に戻ると、町田課長、須田、それに黒木までが拍手をした。

町田課長が言った。

「安積くん。お手柄だったね」

自動車窃盗犯の容疑者を逮捕したことを言ってるのだ。こういうニュースはすぐに伝わる。

「いえ、大橋と交機隊の連中のおかげですよ」

須田は本当にうれしそうな顔をしている。

大橋は照れ隠しのためか、顔がほころびそうになるのをおさえるためか、いつもより渋い表情で席についた。

また仕事が増えた。

自動車窃盗の容疑を固める一方で、あのふたりから、組織の全容を聞き出さなければならないのだ。

しかし、それはつらい仕事ではない。少なくとも、獲物を追うのが習性となっている猟犬のようなプロの刑事にとっては、情熱をかきたてられる仕事だ。

そして、安積は、大橋に、そのドーベルマンとなれるような素質を見たのだ。

安積は席に戻り、須田に尋ねた。

「公園の変死体はどうだったんだ？」

須田の表情が、電気のスイッチを切ったように、とたんに暗くなった。

「それがね、チョウさん……」

須田がそこまで言うと、町田課長は、居場所がなくなったと感じたのか、何も言わずに課長室へ引き上げてドアを閉ざした。

須田は続けた。「死んでいたのは、浮浪者なんですよ。最近の若い連中はレゲエおじさん、なんて呼んでいるようですがね……。知ってました？　チョウさん。本物のレゲエやる連中って、髪は伸ばし放題で決して洗わないんですってね……」

「死因は？」

「あ、すいません。運び込んだ病院の医者の第一所見では『急性肝不全』ですね」

「身元は？」

「今、調査中です――つまり、警ら課がやってくれてるんですが、通称は『ボースン』。上野から浅草あたりをねじろにしているということでした。ね、『ボースン』って変な名でしょう。なんだかわかります？」

「さあな……」

「船のね、甲板長のことなんだそうです。そっちのほうの符丁みたいなもんで……」

須田の表情がいっそう悲しげになった。

いったいどうしたというのだ？　安積はじっと彼の顔をうかがっていた。

「ちょっと待てよ」

安積は言った。「浮浪者ってのは、駅だの地下の通路だのをねじろにしているんだろう。何だって台場あたりまでやってきたんだ？　第一、どうやってここまで来たんだ？　交通機関は？　彼らが使うのは、せいぜい電車か地下鉄くらいのものだろう。バスには乗らない」

「そこなんですよ、チョウさん。ボースンは水上バスに乗って台場にやってきたんですよ」

ほう、水上バス……。

「彼はね、かつて船乗りだったそうです。外勤の警官が彼の仲間うちの話を知ってましてね……。それで、たまに金が手に入ると、水上バスに乗っていたそうです。船乗り時代を思い出してたんでしょうね。

一度、『船の科学館』へ入ろうとしたらしいんです。あそこはほら、建物が白い大きな船の形をしているでしょう。きっと、昔のことがなつかしくてたまらなくなったんでしょう。

ところが、警備員が頑としてなかに入れなかったそうなんです。入場料に足りる金を持っていたにもかかわらずですよ。ボースンは、門の外から、いつまでも船の形をした『船の科学館』を見上げていたそうです」

安積はとうに諦めていた。取るに足らぬことに感情移入するな――そんなことを須田に言ってみても無理なのだ。

彼はボースンという名の浮浪者に同情してしまったのだ。

安積は事務的に尋ねた。

「つまり、こいつは捜査課の案件じゃないということだな？　そいつが結論だ」

須田は、わずかに傷ついた顔をしてこたえた。

「ええ、そうです。警ら課にまかせました。それが結論です」

安積は無言でうなずいた。彼はすぐに、未決の箱から書類を取り出して、目を通し始めた。

取るに足らぬこと? 安積は自問した。安積たちの仕事の上ではそういうことになる。だが彼は思った。おそらく、しばらくは、酒を飲んだりするたびに、ひとり白い大きな船を夢見ながら死んでいったボースンのことを思い出すに違いない。

そして、ひとりのときには、もしかすると涙を流しさえするかもしれない。

村雨と桜井が戻ってきた。

安積は、「ごくろうさん」と言いながら、桜井の態度に変化はないか、さりげなく観察していた。

桜井はいつもと変わらないように見えた。

代わりに、大橋が表情をぴたりと閉ざしてしまった。

桜井と大橋はほとんど年齢がいっしょだが、人との付き合いかたはまったく違う。もっとも、世代論などというものが通用するのは、団塊の世代までなのかもしれない。

団塊の世代は、マスコミからいろいろと注目されてきた。

ベビーブームに始まり、受験戦争、そして、大学紛争、全共闘、そして挫折……。

この世代は、規定されることに慣れているし、マスコミから名づけられるさまざまな世代の呼称を面白がっていた。世代論を信じていたのだ。

何せ『世代闘争』などという言葉まで生まれたのだから……。

そして、安積は間違いなく団塊の世代に属している。

桜井や大橋は、かつて『新人類』と呼ばれた最初の世代だ。

彼らは、何も信じていないかのように見える。自分の属する組織も、政治も、世代も、そして、自分たちの未来さえも。

だが、それは間違いだということを安積は知っている。

彼らは、無責任なマスコミが言うほどには無気力ではない。ただ、個々人の興味の範囲や、情熱の方向が、驚くほど違っているだけの話だ。安積はそう思っていた。

「……という見方で、大筋が固まっていまして……」

村雨の声が耳に入ってきた。

なんだって？　そうか、世代の話じゃなくて、捜査会議の報告だったな……。安積はしかたなく訊き返した。

「なんだって？　すまんが、もう一度言ってくれ」

村雨がけげんそうな表情をした。

安積には彼の気持ちがわかった。安積が報告の内容に不満を持った、と勘違いしているのだ。

しかし、その戸惑いも一瞬のもので、村雨は、手帳を見て報告を最初からやり直した。

「被害者の身元、その他についてはご存じだと思います。死因は、咽頭部への圧迫による窒息死。細いひも状のものが使われたものと見られています。――絞殺ですね。マル害は、絞殺された後に、七階の高さから落とされたという見方で、大筋が固まっていましてね……。まあ、おそらく、犯人はパーティー出席者のなかにいるのではないかというのが、一致した意見です」

安積はうなずいた。

村雨は、パーティー出席者の名簿のコピーを持っていた。安積が持っているのと同じものだ。

「容疑者はしぼれそうなのか？」

「初動捜査の聞き込みの結果では、まだまだですね」

「……で？　今後もうちは参加しなきゃならんのだろうな？」

「捜査本部にですか？　ええ、もちろんです」

もちろん？　なぜだ？

思わず安積は口に出してそう問いたくなった。

正式には三田署の案件だ。

だが、安積はすぐに冷静になった。村雨にしてみれば、捜査に参加するのが当然なわけだ。彼はそれで納得している。

いや、納得しているかどうかはわからないが、それを任務と心得ている。

安積は村雨を、少しばかり見直さねばならないと思った。

安積は無言でうなずき、書類に眼を戻した。

だが、村雨は安積の机の脇から去ろうとしない。

安積はもう一度村雨の顔を見た。

村雨が言った。

「あの……。捜査本部では、一度、係長に顔を出してほしいと言ってるのですが……」

安積は、村雨の顔を見たままだった。

村雨はごくわずか、不安そうな表情を見せた。

安積は、眼をそらしてうなずいた。

「わかった」

村雨が去りかけた。今度は、安積が呼び止めた。

村雨が振り返る。

「例の自動車窃盗の件だがな……。一味と見られるふたりを検挙した。手錠(ワッパ)をかけたのは、大橋だ」

「へえ……」

村雨はまた複雑な表情をした。「そいつはお手柄だ」

安積は村雨の表情の意味を理解しきれなかった。考えるのをやめた。

村雨はそれきり、何も言わず席に戻った。

須田が、村雨に『ボースン』の話をし始めた。

警察署の公廨というのは、二十四時間、人の絶えることがない。

第二当番の警官がおり、当直の刑事がいる。警官が引っ張ってきた酔漢や、軽犯罪者もいる。

五時十五分の退庁時間に帰宅する刑事はまずいない。外を歩き回って捜査をしているか、さもなくば、たまった書類をせっせと作成している。気がつくと七時、八時だ。

しかし、そうかと思うと、捜査にまったく進展なしとなると、退庁時間まえに、さっさと姿をくらましてしまうこともある。

つまり、刑事にとって勤務時間そのものが、あまり意味を持たないのだ。

安積は時計を見た。八時を過ぎていた。

当直の須田だけが残っており、あとの課員はいなくなっていた。たまにはこういうことがあってもいいと安積は思った。

須田は、お気に入りの席にすわっていた。

警視庁管内のすべての警察署をオンラインでつないだコンピューターの端末が、捜査課にも置いてある。

そこが須田のお気に入りだった。

須田は、しばらくキーを叩いていたと思ったら、画面を眺め、「へえ……」と感心したような声を洩らした。

安積は思わず顔を上げてしまった。須田と眼が合った。

須田は、安積の関心を引くコツを心得ているとしか思えなかった。それとも、安積のほうが無意識のうちに興味を抱いているのだろうか。

「何だ?」

　安積は尋ねた。

「いえね……。チョウさんに手渡した、例のパーティーの出席者リストですがね……。もうデータのなかに入っているんですよ。たぶん、三田署の連中が入れたんでしょうね」

「おい、そんなものが勝手に見られるのか?」

「そうですよ。そのためのオンラインです。チョウさん。そうやって箱のなかに放り込んであったら同じことでしょう。誰だってそのコピーを見ることができます」

「……そうだな……。で、このコピーはたいした意味がないというわけだな?」

「今となってはそう言えますね。プリントアウトすれば同じものがいくつだって手に入ります。警察では——特に、この捜査課では、どうしてこんな便利なものをもっと有効に使おうとしないんでしょうね?」

「耳が痛いな、須田。私もコンピューターと聞いただけでよけて通りたくなる」

「だから、そのコピーのようなものがまだまだ重要視されているわけですよね。まあ、コンピューターにデータをインプットするにはちょいとした時間と手間がかかりますから、その間は、確かに、現場から持ち帰った資料が役に立ちますよね、でも——」

　そこで、須田は、くすっと笑った。「そうやって机の上の箱で眠らせておくんじゃあ……」

　安積は苦い顔をした。

「おいおい、例の件は村雨と桜井にまかせてあるんだ。村雨も同じ書類を持っていた。知ってるだろう」

「村雨にまかせた？　村雨と桜井がどのくらいうまくやるか見てるんでしょう？」

「何だって？」

安積は思わず須田の顔を見つめ、次に公廨のなかをそっと見回した。幸い、刑事捜査課は広い公廨のすみにあり、近くに人はいなかった。

「おい、須田。あまり不用意にそういう発言をするな。私がいつそんなことを言った？」

「言わなくたってわかりますよ。それにね、チョウさん。俺だって捜査課員なんだから、発言の時と場所はわきまえてますよ」

安積は立ち上がって須田のそばに行った。

末席の桜井の椅子を引っ張ってきて、コンピューターに向かっている須田の横に腰を降ろした。

キャスター付きの回転椅子で、肘かけはない。安積は、逆向きに椅子にまたがり、背もたれに両腕をのせた。

「私が村雨を試してるって？　どうしてそう思うんだ？」

小心そうに見える須田のおそろしいところはここだと安積は考えた。彼は、他人が彼に対して想像するよりはるかに多くのことを観察し、そして思索しているのだ。

そして、強気な発言はしない代わりに、熟慮のすえ導き出した結論はテコでも変えようとしない。

洞察力は鋭く、今も安積は、実のところ、恐れ入っていた。

須田は、いたずらの共犯者を見る小学生のように笑った。

「大橋のことでしょう？　チョウさん、大橋のこと、けっこう気にしてましたから……。村雨は真面目でいいやつなんですがね……。若い連中を育てるのはあまりうまくないかもしれないな」

安積は須田が捜査課にいることを、かつて不思議に思ったことがあったが、今では、まったく疑問を持っていない。

彼は須田に対して言い訳や隠しごとをしても無駄だと悟っていた。同僚にそう思わせる刑事は少ない。

「私が大橋と村雨のことを気にしているってことは、そんなに態度に表われてるか？」

「心配しなくたってだいじょうぶですよ。誰も気づいていませんて……」

「だが、みんな捜査課の人間だぞ。それに、事実、おまえは気づいている」

「そんなこと気にしてやしないからですよ」

「おまえはどうして気にしてるんだ？」

「興味深いからです。あらゆる人間が……。そして、人間たちが築いている関係が……。こういうとおおげさですがね……。ねえ、チョウさん。俺と黒木ね、対照的でしょう。黒木は行動派です。きびきびしているし、弱音を吐かない。どんなに走ったって、へばったりしない。そして、直感が鋭い。だけど俺はそうじゃない。俺が捜査課にいるためには、ここを——」

須田は頭の横を人差指で二度三度とつついた。「うんと働かせにゃならんわけです」

安積は、須田が変わり種であることは充分に承知していた。だが、彼だけは手放したくないという気がしていた。

「わかったよ。……それで、おまえ、例のパーティーのリストなんか呼び出してどうしようってんだ？　まさか本当に、タレントの住所や電話番号、売ろうってんじゃないだろうな？」

「冗談……。チョウさんといっしょですよ」

「俺と？　なんのことだ？」

「パーティーでテレビ局のプロデューサーが死んだ件。チョウさんも気になっているんでしょう？」

「どうしてそう思う？」

「例のリストのコピーね。あれ、まだ未決の箱に入ってる。気にならないんだったら、村雨にすべてまかして、とっくに既決のほうに入れているはずでしょう」

たまげたな——安積は思った。そこまでは自分でも気づかなかった。しかし、須田の言っていることは本当だった。言われて初めて気がついたが、三田署の案件であるにもかかわらず、安積はあの事件が心にひっかかっているのだった。

「なるほど」

安積は言った。「では、コンピューターを駆使し、熟慮黙考したすえ、何をつかんだのか聞かせてもらえないか？」

「やだなあ、チョウさん。またからかう。たいしたことはわかっていませんよ。ただね……」

須田の表情が無邪気な照れ笑いから、急に深刻なものに変わった。その急な変化は滑稽なくらいだった。「殺人の捜査の基本ですよね。被害者に最も近しい者から疑えってのが……。通常は配偶者か、愛人がまず第一。でも、今回、被害者のそばには、そのどちらもいない――。いや、愛人はいたかもしれませんが、今のところそういう情報がないので、まあ、いなかったと仮定します」

「すると？」

「ああいう仕事です。会社の人間が次に近しいということになるんじゃないですか？　マスコミなんて、俺たちと同じで、会社の同僚と過ごす時間のほうが、家族と過ごす時間よりも長いんでしょうから」

安積は一瞬、別れた妻のことを思い出した。

「そうだろうな……」

「リストから、同じ局の人間を探していたんですよ」

「いたのか？」

「ひとりだけいました。同じ局で重複はなるべく避けて人選しているみたいですね。他局はたいてい出席者はひとりだけです」

「どこの局だっけ？」

「ＴＮＳテレビ」

「ＴＮＳテレビだけが、ふたり出席しているというのか？」

「そう言っていいでしょうね。テレビ局に限っていえば、複数の出席者の場合、たいていは上司が部下を連れて――という形です。唯一の例外を除いて……」

「その唯一の例外というのが、ＴＮＳテレビというわけか？」

「ええ。プロデューサーという肩書きがふたり出席しています」

「もうひとりのプロデューサーの名は？」

須田は、ディスプレイを、モンキーバナナのような指で差し示した。

「大沼章悟、四十六歳」

安積はしばらく、その文字を見つめ、考え込んでいた。

「なるほど……。コンピューターというのは使う人間が使えば役に立つもんだな……」

「データをインプットしてあればこそですよ。案外、桜井がやらされていたりして……」

「まさかな……」

安積は、そう言ってからふと気になった。

机に戻って、三田署に設けられたパーティー殺人事件の捜査本部に電話した。つながる間に時計を見る。九時になろうとしていた。

「はい、捜査本部」

聞き慣れた声がそうこたえた。

桜井だった。まさかと思ったが、彼は署を出て捜査本部へ行ったのだ。

「安積だ。村雨もいっしょか?」

「はい……。代わりましょうか?」

安積はわずかの間迷ってから言った。

「いや、いい。何か進展があったのか?」

「いえ、まったく……」

「なら、いいかげんに引き上げたらどうだ?」

「ええ……。でも……」

「いいか、明日から寝られなくなるかもしれない。そいつは誰にもわからない。休めるときは休め。村雨にそう伝えろ」

「わかりました」

安積は電話を切った。彼は思った。明日は捜査本部に顔を出さねばならない。

8

捜査本部に当てる部屋というのは決まっているわけではない。適当な大きさの会議室があれば、そこが利用される。

当直室が使われる場合もある。

三田署では小さな会議室に「パーティー殺人事件・捜査本部」を置いていた。

脚がパイプになっていて、折りたためる細長いテーブルがコの字形に並べられていて、その周りに、やはりパイプの折りたたみ式椅子が置かれていた。

黒板があり、そこに、青や赤、黄色、緑といったプラスチックをかぶせた磁石がくっついている。

捜査が進むにつれ、その磁石で顔写真や、その他さまざまな資料が貼られる。今はまだ、一枚の写真も貼り出されていなかった。

司会進行役は、三田署の主任、柳谷巡査部長がつとめていた。

三田署は、この捜査本部のために五人の刑事を当てていた。

柳谷巡査部長、がっしりした体格の磯貝巡査長、童顔の中田巡査長、そして、若手の筒井巡査の四人は現場で安積と顔を合わせている。

あとひとり、捜査一係長の梅垣警部補が加わっていた。

梅垣警部補は、赤ら顔でずんぐりした体格の、四十八歳になるベテランだ。

この捜査本部内では、柳谷と梅垣だけが安積より年上ということになる。

ベイエリア分署からは、安積、村雨、桜井の三人。本庁から四人来ていた。

本庁の四人のうち、ふたりの顔を見て、安積は、ひそかに胸のなかで苦い吐息をついていた。

相楽（さがら）というインテリそうな三十八歳の警部補と、荻野（おぎの）という杓子（しゃくし）定規な感じがする三十七歳の巡査部長がいた。

このふたりとは、かつて、高輪（たかなわ）署に作られた捜査本部でいっしょになったことがあった。

安積を見るなり、相楽警部補は言った。

「その節はどうも……」

「いえ……。こちらこそ……」

安積は曖昧に返事をした。

桜井もそのとき、安積と行動をともにしていたので、いきさつをよく知っていた。

本庁の相楽警部補というのは見るからに権力志向が強いタイプだ。優秀な警察官であることは認めるが、優秀な捜査員かどうかはわからないと安積は思った。

相楽が将校ならば、荻野は軍曹だ。

将校の顔色を見ながら、部下をびしびしとしごく。

高輪署の捜査本部では、捜査方針が、ふたつに分かれた。

簡単に言うと、本庁陣営とベイエリア分署陣営に分かれたのだ。結局は、安積たちの主張が正しく、適切な容疑者を逮捕できた。

まさか、あのときのことを根に持ってたりはすまいな。安積は思った。それほど幼稚な連中ではないだろうが……。

本庁の刑事と、安積たちベイエリア分署のメンバーは、ちょうど向かい合ってすわっていた。

相楽警部補と荻野部長刑事が、しきりに安積のほうを見ていた。

安積はその視線を感じていた。彼は無視して手もとの資料を読んでいた。

特に目新しい事実はなかった。

会議は、手分けして継続しているパーティー出席者からの聞き込みの中間報告が主だった。

「どうも、芸能界——まあ、最近では、芸能と音楽関係をひっくるめて、ギョーカイなどというらしいですが——」

三田署の磯貝巡査長が、その体格に似合った野太い声で言った。「そのギョーカイ筋では、マル害の飯島典夫プロデューサーというのは、ちょっとした有名人だったようですな」

彼は手帳をめくった。「私が話を聞いたパーティー出席者は残らず彼のことを知っていましたね」

「ほう……？　どういう点で有名なのかね？」

相楽警部補が尋ねた。

黙って聞いていれば、そのうち磯貝はそのことについて話すはずだ――咄嗟に安積はそう考えていた。

それで彼は苦い顔をしてしまった。

根に持っているのは、むこうではなく、むしろこっちなのかもしれないと思ってしまったのだ。

しかし、むこうだってあのときの一件を忘れてしまったわけではなさそうだ。彼らの視線がそれを物語っている。

そこで安積はふと思い当たった。彼は、村雨に耳打ちした。

「おい。俺に顔を出せと言い出したのはどいつだ」

村雨が同様に口もとを手で隠し、囁き返した。

「本庁の相楽警部補です。桜井の顔を覚えていたらしいのです」

やはりな……。安積は思った。

彼らは私を見返してやろうとでも考えたのだろうか？　安積はそう考えた。

その間、三田署の磯貝巡査長は報告を続けていた。

「つまり、ＴＮＳテレビの看板プロデューサーなんです。ドラマ班だということですがね……。ＴＮＳテレビのヒット・ドラマの半分は彼が手がけているということです」

「半分？」

相楽がまた発言した。「しかも、ヒットしたものの半分？　確率が低いように思えるが、それで看板なのか？」

「数字のマジックにひっかかりましたね、警部補。飯島典夫氏が、ＴＮＳテレビのドラマすべてを手がけていたわけではありません。それでも、全体の約三分の一に及んでいるということです。そのほとんどすべてがヒット作だという意味です」

「最初からわかりやすくそう言ってほしいね……」

「人柄その他の評判についてですがね。これがすこぶるいいんですよ」

磯貝が意外そうに言った。「そりゃ、同じギョーカイにひしめく人間たちの言葉です。どこに耳があるかわからないし、常に他人の足を引っ張ろうってところだから、滅多なことは言えない。それはわかります。ですが、マル害の評判は掛け値なしによかった。これは確かなところです」

「女性関係は？」

司会進行役の柳谷が尋ねた。

磯貝はきっぱりと首を横に振った。

「今のところ、まったくそういう話は聞けませんね。仕事一途の人だったようです」

「仕事一途ったって、そりゃ、女とは無関係だろう」

三田署の係長、梅垣警部補が言った。「なあ、安積さん」

梅垣がなぜ自分に話を振ったのか、安積にはわからなかった。

安積は、曖昧に言った。

「そうですね……。でも、磯貝さんが言ったのは、そういう意味じゃないでしょう。公私のけじめをきちっとつけるタイプの人だ、ということじゃないですか。あの世界じゃ難しいことらしいですが……」

「そう。そういうことなんです」

磯貝が大きくうなずいた。

柳谷が、一番若手の筒井刑事を指名した。

彼は、時間的な経緯について、生真面目に説明した。

パーティーの開場は六時。最初の乾杯は六時半だった。

七時には、リストのほぼ全員がそろっていた。

七時を少し過ぎたころから来賓挨拶（らいひんあいさつ）がぽつりぽつりと始まった。それほどかしこまった席ではないので、司会者が適当にその場で指名をしたということだった。

「――被害者の飯島典夫氏は、七時十分にスピーチをしています。この時刻は確認されています。四人の人が同じ時間を指摘しています」

「七時十分には生きていたということだ」

相楽が言う。

「そう」

三田署の係長、梅垣警部補も負けずに言う。「しかもまだ会場にいたのだ」

似たような指摘に聞こえるが、梅垣が言ったことのほうが多くの意味を含んでいる。安積はそう思った。

七時十分には飯島典夫はまだ安全な場所にいたのだ。多くの人の目があり、犯行の余地はない。

若い筒井刑事は、相楽警部補と梅垣警部補の顔を順に見て、ふたりがそれ以上発言しそうにないのを確かめて続けた。

「飯島典夫氏は、七時十五分には、まだパーティー会場内で目撃されています。これは、複数の人間の確認が取れてます」

村雨がうなずいて言った。

「こっちでも、その点は確認している。七時十五分ごろに彼と二言、三言挨拶を交したという人物がいる。住所氏名の記録もある」

いいぞ、村雨。安積はそう思った。はりきってるじゃないか。この場では、おまえがベイエリア分署のエースだ……。

「しかし、その後、会場内で飯島氏を確認することができなくなります」

筒井が言う。「そして、警視庁に一一〇番が入ったのが、七時五十三分。これは、通信指令室で確認してあります。つまり、犯行時間は、七時十五分から五十三分の間ということになりますね」

「こいつはいい……」

梅垣警部補が赤ら顔に、ふてぶてしいとさえ言える笑いを浮かべた。「監察医さんの死亡推定時刻より、ぐっとリアルになってきたわけだ」

筒井はあくまで慎重な面持ちで言った。

「はい。その点については、監察医の報告とも一致しています。監察医によると、被害者の胃の内容物はほとんど消化されておらず、その内容物はすべて、パーティーで出されたものと同じであることが確認されています」

この若い刑事は「確認されています」というのが口癖なのだろうか？　安積は思った。それとも、先輩に、必ず何事もしつこいほど確認しろと言われたのだろうか？

だとしたら、その先輩は立派な捜査員だ。筒井は柳谷部長刑事と組んでいるようだから、その指導した者がいるとすれば、柳谷以外にいない。安積はそう推理した。

「さて、意見を聞かせてもらいましょうか？」

柳谷が言った。「捜査が始まったばかりというところですから、心証といったところからいきましょうや」

心証というのは、いわば、捜査員の第一印象というか、証拠はないが、なぜか「こうではないか」と感じるような事柄をいう。

いわゆる「ピンとくる」というものだが、捜査員にとっては、これがばかにできない。

もっとも、正式な法律用語になると、心証というのは、証拠に対する裁判官の価値判断のことを指す。

「そうね……。私ら、現場、見てないからね……」

相楽警部補が言った。「ベイエリア分署の安積さんあたり、どうです」

きたな、と安積は思った。

鞘当てというところだ。

今のところ別に、程度のことを言っていなそうかと思った。

村雨がわずかながら、不安そうに安積の顔を横目で見た。安積はそれに気づいた。

何だその眼は？　私は、同じ署の人間としてそんなに頼りないのか？

安積は、村雨のその眼差しのせいで方針を変えることにした。彼はおもむろに話し出した。

「あくまでも現場を見ての印象ですが……。私は、実行犯が、あのパーティー会場のなかにいたものと考えています。あのパーティーは、いわば特殊な人々の集まりです。一般人が気軽に出入りできるパーティーではなかったのです。招待者は、あのビルの支配人が厳選したということです」

「それがどうして理由になるのかね？　実行犯がパーティー会場にいたという……」

相楽が訊き返してきた。

三田署の人間も――そして、村雨と桜井までが興味深げに安積と相楽のやりとりを見つめていた。

「あの日は、オープン・セレモニーだけでビル全体がまだ通常営業をしていなかったはずです。こいつは確認していませんがね——」

安積がそう言いながら桜井を見た。桜井は即座にメモした。

ふと筒井を見ると彼もメモしている。

なるほど、と安積は思った。確認を取るという言葉に弱いらしいな。

彼は言葉を続けた。

「確認は取っていませんが、そのはずです。有名人ばかりを集めるパーティー会場に、一般人が自由に出入りできるようなことを許しておくはずがない。収拾がつかなくなる恐れがありますからね」

「わかったよ」

相楽が言った。「だから?」

この男は、私より七歳年下のはずだ。階級は同じとはいえ、もっとましな口のききかたがあるはずだ——安積はそう思いながら続けて言った。

「一種の閉鎖環境だったということです。実行犯は、華やかなパーティー会場で、じっと犯行の機会をうかがっていたという気がしますね」

「ほう……。まあ、そこまでは納得できる。それで、パーティーに出席していたどんな人間がテレビ局のプロデューサーを殺さなければならなかったのだ?」

そこまで突っ込んで訊かれて、安積はひそかに須田に感謝した。

ここからは須田の受け売りだ。

「殺人の容疑者として、まず被害者の最も身近な者を疑えというのが鉄則ですね。こいつは言うまでもない。パーティー会場内で、被害者に最も近い人間といったら、やはり、同じ局の人間でしょう」

安積は、パーティー出席者リストのコピーを取り出し、掲げた。

「これはパーティー出席者のリストです。このリストを見ると、主催者が客に対しどれだけ気を使っていたかがよくわかります。つまり、例えばテレビ局についていえば、招待者は原則としてひとりなのです」

全員がリストのコピーを取り出し、睨み始めた。眉をひそめている者も何人かいる。

「いいですか? 同じテレビ局で同じような立場の人間が複数出席している例はほとんどないのです。上司が部下を連れてやって来ている例がありますが、これは事実上頭数ひとりと考えていいでしょう。だが、ただ一局だけ例外があるのです。それがＴＮＳテレビなのです」

捜査本部内のあちらこちらで囁きが交された。

本庁の荻野部長刑事が、相楽警部補に何ごとか囁いている。相楽はそれに耳を傾けながらも、安積の顔を見つめていた。

本庁から来ているあとのふたりの若い刑事は、リストを見つめ、メモを取り始めた。

「リストのなかに、もうひとり、ＴＮＳテレビのプロデューサーがいるのです。同じ肩書きです。他のテレビ局は原則的にひとりしか招待していないのに、ＴＮＳだけはなぜ同じプロデューサーを二人招待したのか?」

安積はそこで間を取った。

若い刑事たちは懸命にメモを取っている。

「――その点をまず調べるべきだと思いますね。そして、もうひとりのプロデューサー――名は大沼章悟といいますが、この男の周囲をさぐると、何か手がかりが出てくるような気がするんですがね」

安積は、自分の話が終わったことを示すために、手に持っていたリストのコピーを、机の上に置いた。

柳谷は、半眼でうなずいている。

三田署の係長、梅垣警部補はあいかわらずにやにやしている。

相楽は真剣な表情で安積を見つめ、小さく何度もうなずいている。

安積は、そっととなりの村雨の様子をうかがった。

村雨はリストのコピーをチェックしている。満足そうな表情に見えた。

そうか――安積は思った。私は合格か?

9

「パーティーの最中の、大沼章悟の動きを追跡調査する必要があるな……。ひとりになる時間があったかどうか……」

しばらくの沈黙の後、三田署の捜査一係の係長、梅垣警部補が言った。

本庁の相楽警部補が即座に反応した。

「それは、大沼章悟という人物に嫌疑をかけるということなのか?」

「あせらんでください。まだその段階じゃない。あくまでも、ひとつの捜査方針というやつですよ」

相楽は梅垣から眼をそらし、無言でうなずいた。

柳谷部長刑事が言った。

「他に何か気がついたことがある人はいませんか?」

「たいしたことじゃないかもしれませんがね……」

太い声で三田署の磯貝巡査長が言った。

「マル害は、どうして七階の非常階段なんかにいたんでしょうね?」

「どういうことだ?」

柳谷部長刑事が尋ねた。

「あの建物……。何と呼べばいいのか、私らにゃわかりませんがね……。まあ、言ってみれば若者たちの遊び場ですかね?『スペース・セブン』という名の……。これは安積係長も指摘されたことですが、あの日、通常営業はしていなかった。おそらく、パーティー会場になった五階・六階吹き抜けの多目的ホール以外は、機能していなかったはずですよ」

「七階には何があったんだっけな……」

三田署の梅垣係長が資料の束をめくりながらつぶやくように言った。

「貸しスタジオと管理事務所」

本庁の相楽警部補が即座に言った。

その返答のタイミングがあまりに早く、口調が断定的だったので、まるで梅垣係長を非難しているように聞こえる、と安積は感じていた。

それとも、単に自分のそつのなさを誇示したかっただけなのだろうか。

だしぬけに、となりの村雨が発言して、安積は驚いた。別に村雨が発言すること自体に驚いたわけではない。何か虚をつかれたような気がしたのだ。

「俺もその点にひっかかっていたんです。パーティーの最中、七階にどのくらいの人間がいたか、どういう立場や役割の人間だったか――それを調べる必要がありますね」

そのとおりだ――安積は思った。

こういう場に出ると、普段の思惑がどうであれ、無条件に身内の味方をしたくなるものだ。

安積は、そうした気持ちには正しいとか正しくないとかの価値基準をあてはめることができないと考えていた。

どうしても感じてしまうものはしかたがない。感情の問題は面倒だ。本人にも始末におえない。

ただ——と安積は思った。そいつも、程度問題だが……。

村雨が続けてしゃべっていた。

「当日、七階がまったく機能していなかった——言い替えれば、ほとんど人がいなかったとします。そんな場所へマル害はなぜ行かねばならなかったのか……？　もしかすると実行犯に呼び出された可能性もあるのではないでしょうか？　逆に、当日、七階にたくさんの人——これは別に少数でもいいのですが、とにかく何人か人間がいたとしたら、当然、マル害のことに気がついたはずです。その目撃者がいるかどうか……。こいつも調べてみるべきですね。うまくすると、マル害と実行犯が会っているところを目撃した人物が出てくるかもしれない」

「七階から落ちたというのは確かなんだろうね？」

相楽警部補が言った。

その場の捜査員の大半が、あらためて相楽警部補の顔を見た。少なくとも、三田署とベイエリア分署のメンバーは、咄嗟に彼のほうを向いていた。

「何だい……」

初めて相楽が不安げな表情になった。「そんなに妙なことを言ったかい。私は……？」

三田署とベイエリア分署の人間は顔を見合わせた。

三田署の梅垣係長が言った。

「そうじゃないんですよ。そいつまで疑い始めたら、私ら何を信じて捜査を始めればいいかわからなくなっちまうんでね……。確かにその点についちゃ誰もこれまで疑おうとしなかった。なんせ鑑識さんの言うことですから。鵜呑みにしちゃったわけですな」

「鑑識が七階から落ちたとする根拠は何だね?」

相楽が尋ねる。

梅垣係長に代わって司会進行役の柳谷部長刑事がこたえた。

「加速度と質量とエネルギー……。初歩的な物理学ですね……。交通課がキャンペーンをやるときに、速度と、事故の際の破損の具合をよく説明するでしょう。あれと似たようなものですよ」

「正確なのかね」

「所轄署の鑑識ということで疑いをお持ちなら、そりゃ間違いです。所轄もすべて警視庁全体のデータを共有しています。その膨大なデータに照らし合わせた結果なのですよ。

そりゃね、鑑識だって通常なら六階か七階――そういう言いかたをしたでしょうね。でもね、今回は特殊なんですよ。七階が最上階で屋上はない。もとは倉庫ですからね。そして、五階・六階は吹き抜けになっている。つまり、七階の下は五階で二階分の差がある。鑑識で言ってました。一階程度の誤差はありうる。しかし、二階分の誤差は、この程度の高さではないと考えていい――と。この程度の高さというのはですね。やはり、高さに比例して誤差の範囲も大きくなるのですよ。例えば、十メートル程度のところから落ちたのと、百メートルほどのところから落ちたのではやはり誤差にそうとうの開きが出る。百メートルもの高さから落ちたら、それこそ、人間はぐしゃぐしゃになっちまいますからね……」

「つまり、こういうことかね？」

相楽は柳谷を見た。「結論からして、被害者が七階の非常階段から落ちたというのは、信じていい、と……？」

「はい。私はそう判断しています」

「君の判断を訊いているんじゃない。普遍性のあるこたえなのかどうかを知りたいんだ」

普遍性ときたか、安積は思った。哲学をやろうというのならそれもいいだろう。うちの須田を差し向けるぞ。

安積が発言した。

「科学的なデータにもとづく専門家の結論です。信じるに足るでしょう。つまり、普遍性があるということです」

「なるほど……」

相楽は刀を収めた。

柳谷が言った。

「さて、まず最初の捜査方針が固まったようなので、手分けして聞き込みに当たるとしましょう。現場および、パーティー主催者については地元のわれわれ三田署がやりましょう。TNSテレビおよび、パーティー出席者については、本庁とベイエリア分署のほうでお願いしたいのですが……」

　安積はうなずかざるを得なかった。

　人工の島、13号埋立地の台場でじっと事件の解決を静観しているわけにはいかないのだ。

　相楽が発言した。

「基本的にはそのとおりでいい。だが、当夜の写真も含めて、現場の調査をもう一度やらせてほしい」

　柳谷は無表情に尋ねた。

「それは、そちらで人を割くということですか？」

「そう。そして、当日の現場の写真や計測記録をすべてわれわれにあずけてもらいたい」

　柳谷は梅垣係長の顔を見た。

　梅垣警部補は、かすかにうなずいて見せた。

「問題ありません」

　柳谷が言う。「すぐに持って来させましょう」

　梅垣が背もたれから身を起こして、ゆっくりと立ち上がった。

　捜査会議の終わりを意味していた。

　捜査員たちは立ち上がり、それぞれの持ち場へ向かった。

「本庁（ホンブ）の相楽ってのは鼻持ちならんやつですね……」

マークIIの助手席で村雨が言った。後部座席の安積は言った。

「おい。そいつは言い過ぎだぞ」

安積は意外に思った。

村雨のような男なら、相楽に親近感を抱くのではないかと、漠然とだが感じていたのだ。似たようなタイプだと思っていたからだ。

村雨から見ても、あの警部補は好きになれるタイプではないらしい。

さらに言えば、村雨が、他の警官を非難したり批判したりするのはきわめて珍しい。そういう人間臭いことはあまり口に出さない男だ。

よほど相楽が気に入らなかったらしい。

ひょっとして、近親憎悪みたいな気持ちがあるのかもしれない――安積は思った。だが、そこまで言っては、村雨がかわいそうか……。

「でも、係長もそう思ったでしょう？」

「まあな……」

何とこたえればいいんだ？　まさか誘導尋問じゃあるまいな？

「そう思って当然ですよ。あの警部補、係長に敵対意識を持ってるみたいでしたからね……」

「そんなことはない。ガッツがあるタイプなんだろう」

「そうですかね？」

「私に敵対心を持つ理由がないじゃないか」

「敵対心と言って悪ければライバル意識ですね。悪いことじゃないと思いますよ、ライバル意識というのは。足の引っ張り合いさえしなければね……」

おまえは大橋のライバル意識を育てているか？　足を引っ張ってはいないか？　そう思いながら安積は黙っていた。

「まえの一件が尾を引いているんじゃないですか？」

運転していた桜井が言った。

「何だ？　まえの一件ってのは？」

村雨が尋ねる。

「ほら、赤坂のホステスとニシダ建設という会社の課長が殺された交換殺人事件があったでしょう」

「ああ……。確か、高輪署に捜査本部ができた……」

「そのときに、ことごとくうちの係長に反発したのがあの相楽という警部補なんです。結果はご存じのとおり、係長の勝ちでしたがね……。そのときから、係長を見返してやろうとチャンスをうかがっていたんじゃないですかね？」

「ほう……」

村雨は桜井を一瞥（いちべつ）した。「そりゃ本当ですか、係長」

「桜井はおおげさに言っているだけだ。捜査上で意見の対立があるのは珍しいことじゃないだろう」

「係長、ポーカー・フェイスですからね……」

村雨は言った。「今回の捜査本部も、もめなきゃいいですがね……」

「そのときは、村雨、おまえさんにすべてをまかせて、私はすたこら逃げ出すことにするよ」

村雨はこたえなかった。

言葉を探しているのか、聞き流したのか、どちらかわからなかった。後者であることを安積は願った。

それにしても——安積は思った。この私がポーカー・フェイスだって？

港区赤坂にあるTNSテレビの駐車場には濃紺の制服に帽子の係員と管理人がいた。いずれも年配で、しかめ面をし、疲れているように見える。

駐車場はビルの裏手にあって、コンクリートとアスファルトの谷間という感じがする。駐車場の係員たちは、その不毛の谷の番人を演じ続けているのではないか——一瞬、安積はそう感じた。

手を振りながら近づいてきたのは、帽子の脇から白髪をのぞかせた、老人と呼んでもいい係員だった。

手の甲をこちらに向けていまいましそうに手を振っているのだ。歓迎されていないことは一目でわかる。

　この係員は、駐車場に入るべき車とそうでないものを瞬時に見分ける能力があるようだ。それとも、何かの証明書のようなものが必要なのだろうか？

　窓を開けて、警察手帳を掲げる桜井の姿を見ながら、安積はそんなことを考えていた。

　自動車のサイドウインドウ越しに、外から警察官が手帳を提示することはよくある。だがその逆は、安積が記憶している限り、それほど多くはないはずだった。

　老係員は警察手帳を見てもひるまなかった。

「関係者の車以外は入れませんよ」

「この局に用があって来たんだよ」

　桜井は言った。

　年老いた係員は少しの間考えて、それから面倒臭げに駐車場の一隅を指差した。

「いいでしょう。あそこに駐めてください。キーをあずかります」

　桜井は言われたとおりにした。

いいぞ。安積は思った。警察権力に負けず、自分の職務を遂行しようとするその態度はおおいに気に入った。

　ここでは俺が法律だ──陳腐だが胸に響く。

　安積は駐車場の係員を茶化したわけではなく、本気でそう思っているのだった。

　正面玄関を入ると、二階まで吹き抜けになっている。

二階の一部がバルコニーのように玄関ホールに突き出していて、そこに向かってゆるやかな螺旋階段がある。

大きな一枚ガラスのドアを入ると、すぐ右手に受付がある。

受付には、テレビに出演してもおかしくないくらいの美しい女性が制服を着てすわっている。

受付嬢は三人いた。紺色のスーツで、緑のリボンを白のブラウスにタイのように結んでいる。

彼女らのうしろには——正確に言うと、その一部が彼女らの背の陰になっているに過ぎないのだが——巨大な絵が飾られている。

いや、それを絵と呼んでいいかどうか安積は迷った。銅板を叩き出したり、へこませたり、溶接したりして作り上げた作品だ。

どの程度の芸術的価値があるかなど、安積にはもちろんわからない。

玄関ホールは、ロビーになっていて、きわめて清潔に見える。

放送局というのは、意外なほど人の出入りが自由だ。守衛につかまって、いちいち行先を尋ねられたりするのは、NHKぐらいなものだ。

新聞社のチェックの厳しさに比べると、拍子抜けするほどだ。

放送局には、実に種々の人々が出入りしているので、誰も気にしていられないというのが実情なのだろう。

まず、社員がいる。そして多くの契約社員や下請け制作プロダクションの人間。報道関係者、テレビ出演のタレント、役者、歌手、そしてそれらのマネージャー。売り込みに来るレコード会社の宣伝マンやプロダクションの営業担当。

そして、広告代理店の人間やスポンサーなどなど、あげていくときりがない。

安積たちは、実のところ、その雰囲気を知らなかった。

安積は、受付に来意を告げた。

大沼章悟プロデューサーに会いたいと申し出たのだ。

受付嬢は警察と聞いても、まったく動じず、カウンターの下にある内線電話に手を伸ばした。

簡単なやりとりがあった。

受話器を置くと受付嬢は言った。

「あちらのソファでお待ちください」

安積は言った。

「できれば、大沼さんの部署をお訪ねしたいのですが」

「申し訳ありません」

受付嬢は、笑顔を絶やさなかったが、きっぱりとした口調で言った。「こちらでお待ちいただくようにとの指示ですので……」

「しかしね、君……」

村雨が言いかけた。安積は彼の肩をおさえた。

ロビーのすみに並んでいるソファを、安積は視線で示した。

三人はソファにすわった。

安積は、ロビーのなかをしばらく観察していて、やりかたを間違ったのかもしれないと思った。

受付など通さずに、直接、大沼という男に会いに行けばよかった、と思ったのだ。

しかし、それでは向こうの心証を悪くするだろうし、捜査の手段として適正さを欠くことになるかもしれない。

今、安積は、人々の善意にすがる立場にあるのだ。何の令状も持っていないのだから、市民の協力だけがたよりなのだ。

見たことのあるタレントが平気で目のまえを横切っていく。それは、安積にとって、奇妙な体験だった。

桜井も、村雨さえもその奇妙さを感じているようだ。彼らは一言も口をきかなかった。

タレントたちはほとんど例外なく疲れた表情をしており、無愛想だ。ファウンデーションを落とした顔はどれも妙に茶色味を帯びている。男女ともだ。化粧のせいか、強烈なライトのせいだろうと安積は思った。

奇妙な感覚の正体がわかった。

この玄関で、日常と作り物の世界がちょうど入れ替わっているのだ。

　しばらく待つうちに、安積たちのまえに、ひとりの男が姿を見せた。

　受付に安積たちのことを尋ねてから近づいてきた。

　安積は名を呼ばれ、立ち上がった。

「大沼さんですか?」

「いえ」

　相手の男は言った。「大沼をお引き合わせすることは、まだできません」

「どういうことです。私は、受付のかたに大沼プロデューサーとお話がしたいと申し上げました。そして、ここで待つように言われたのですが……?」

「それは存じております。ですが、大沼とお会いになるまえに、私とお話をしていただかねばなりません」

「失礼ですが……?」

「申し遅れました。広報室長の吉谷（よしたに）といいます」

　彼は名刺を出した。

「広報室……」

　安積は苦い思いでつぶやいた。

　名刺には、吉谷良夫（よしお）と書かれていた。

10

安積たち三人の刑事は、応接室に通された。

捜査員がこういうもてなしを受けることは滅多にない。たいていは立ち話だ。話がドア越しのこともある。

だが、広報室の責任者が安積たちに好意を抱いているはずがない。この部屋なら他人に話を聞かれることもない。それだけの理由で、豪華な応接室に案内されたに違いないのだ。

三人がけの長いソファに安積と村雨がすわった。ティーテーブルが前にある。

長いソファの両側に、九十度の向きでひとりがけのソファが置かれている。

ソファは人と人とが向かい合わないように置かれているのだ。

安積から見て右側のソファに桜井が、左側のソファに吉谷広報室長がかけた。

このソファの配置を考えた人間は、心理学をかじっているに違いない、と安積は思った。

九十度の角度をもって相対したときが、互いに一番緊張しないのだ。

だから刑事は正面にすわる。自分のホームグラウンドではないから、そうした自由が利かない。

せめて発言のほうで主導権を握ろうとしたが、それも失敗した。

まず吉谷が話し始めた。

「面倒な挨拶は省略させていただきます。そのほうがお互いのためだと思いますので……。もちろん、こちらにおいでになったのは、飯島典夫が死亡した件なのでしょうな」

「正確に言えば、殺された……」

安積は言った。

相手はわずかに眉根を寄せたが、安積の言葉を非難したりはしなかった。

どうやらこの吉谷という男はリアリストらしい。安積は思った。センチメンタルな人間より話はなめらかに運ぶが、敵に回すとやっかいだ。

「そうですね。そう報道されているのは知っております。『殺人の疑いがあると見て、警察は捜査を進めている』――確かそういう表現だったと思いますが……。つまり、完全に殺人であるということが証明されたわけではないでしょう」

安積は、話を聞きながら吉谷を観察していた。

仕立てのいい紺のダブルを着ている。ネクタイは派手めだ。真紅の無地に見えるがよく見ると、細かな織模様が入っている。

やや太り気味だが、背が高いのでそれほど気にならない。髪は黒くふさふさとしている。ちゃんと櫛が通っている。

血色がよく、よく響く声をしている。アナウンサーとしての訓練を受けているのかもしれない。態度は自信にあふれていた。

年齢は四十二か三――安積は見当をつけた。そう……。きっと厄年の四十二歳だ。

安積は、さらに吉谷が話し出すまで何も言わなかった。

会話の主導権を握られても、まだまだ手はある。安積たちはかけ引きのプロフェッショナルなのだ。

こうなったら、しゃべりたいだけしゃべってもらおうか――安積は思った。

吉谷は三人の刑事が沈黙を守っているので、落ち着かなくなったらしく、再び話し始めた。

「私どもとしては、もちろん協力は惜しまぬつもりでおります。ですが、事前に連絡もなしに直接、局におみえになったりされますと、こちらとしても……、その……」

言いたいことはわかる――安積は心のなかで言った。だが、こちらにもやりかたというものがある。

「その……、対外的な立場というか、局の印象が悪くなりますので……」

もういい。時間の無駄だ。安積はようやく口を開いた。

「大沼章悟さんには会わせていただけるのですか？」

吉谷は安積を見た。厳しい眼差しだ。しかし、眼光の鋭さで刑事にかなうはずがない。

吉谷は一度眼をそらし、村雨と桜井を見た。そして視線を安積に戻した。

「飯島典夫が死亡したことと大沼章悟が何か関係あるのですか？　なぜ大沼に会おうとなさるのですか？」

「吉谷さん」

安積は、いかにもいら立ちをおさえているといった口調で、言う。「私たちは殺人事件の捜査で来ています。それ以上のことは申し上げられません。捜査のうえで、私たちは大沼章悟氏に会う必要を感じたのです」

「それは……」

吉谷は、自信に満ちた態度を崩しつつあった。「やはり、いろいろな噂のせいなのでしょうね。確かにあのふたりについてはさまざまなことが言われています。ですが、あくまで仕事上のことであって……」

安積は思わず村雨の顔を見たくなったが、辛うじて無表情を保っていた。

ふたりの噂？　何のことだ？　そんなものはまだ聞いたこともない。

思わぬ収穫だった。安積は思った。

「まあ、そういったことも含めて、ご本人のお話をうかがいたいわけですが――」

安積はさぐりを入れることにした。「広報室長のあなたが直々に出ておいでになるということは、何か一般に知られたくないことでもおありなのでしょうか？」

「いえ、そういうことではなく……。つまり、こういう場合は、広報室を通すというのが局の方針でして……。まあ、こういうケースがそうそうあるはずもありませんがね……。少なくとも、私にとっては初めての経験ですがね……」

「直接大沼さんにお会いできないということならば、あなたから、あのふたりの噂について、真偽のほどをうかがうことにしましょうか」

「噂というのは、春の特番のことですね」

春の特番？　こいつは本人に会うより都合がよかったかもしれない……。

「ええ……。そうです」

「テレビ局というところは、常に企画がぶつかり合っているところなんですよ。実際、制作の人間は企画屋だと言ったほうがいいくらいだ……。だから、ドラマの企画がぶつかることくらいそれほど珍しいことじゃないのですよ」

なるほど――安積は心のなかでうなずいていた。そういう事情があったのか。

つまり、飯島典夫と大沼章悟の企画がぶつかっていたわけだ。

「それならばどうして、局の外に洩れるほどの噂になっているわけですか？」

「特別の大枠だからですよ。番組改編期には各局とも目玉の番組をぶつけあうもんですがね。来年の春は三時間ドラマ二夜連続――計六時間ですね、そういう枠を計画していたわけです」

安積は黙ってうなずいた。相手は話す気になっている。

「当然、ドラマ班の連中は張り切りましたよ。それでいくつかの案が出され、結局、飯島典夫と大沼章悟のふたりの企画に絞られていたわけです。どちらにするかは、まさに局をふたつに分けるくらいの議論になりましたよ。編成でも、まだ決めかねていたのです。なにせ、ふたりともうちの看板プロデューサーですからね。編成がこの時期にまだ春の枠を決められないというのは最近では珍しいことなのですよ。テレビ番組専門の雑誌がたくさん出ているでしょう。少しでも情報が早いほうが局としても得なんですよ。……まあ、意外な形で結論が出てしまいましたがね……」

二枚看板！　そうだったのか。安積は、パーティー主催者がTNSテレビだけふたりのプロデューサーを招いていた理由を理解した。

「まったくどちらの企画に決まるかはわからなかったわけですね……？」

「五分五分ということにしておきましょう」

「吉谷さん」

村雨が言った。「あなたは広報担当かもしれないが、これは記者会見ではないんだ。警察の捜査なのですよ。正確に話していただかなくては困りますね」

凄（すご）んでいる。脅しに近いかもしれない。だが、この場合はそれでいいと安積は思った。

効果はあった。

「いや……、実際のところ、本当に五分五分だったのです。この企画には巨額の金が動きますからね……。代理店や下請けプロダクションやらを巻き込んだ水面下のすさまじい戦いだったわけですが……。まあ、スポンサーも複数ついているのですが、困ったことにといいますか、うまい具合にといいますか、ちょうど二分された形になっていましたから……」

「企画が通ったとして、プロデューサーのメリットというのはどの程度のものなのですか？」

安積が尋ねた。

吉谷は曖昧な表情をした。

「公式には別にたいしたメリットはありませんよ。プロデューサーと言ったって、社員ですからね。多少、ボーナス時の査定に影響する程度のことですかねえ……。あとは、本人の充足感といいますか……」

「公式にはね……」

「まあ、その他のことは、局としては正確には把握できませんね……。あれだけ大きな企画となると、主役を誰にするかだけでも、ちょっとした騒ぎになるわけですよ」

「つまり、プロダクションからの付け届けとか……？」

吉谷は、わずかの間迷っていたが、結局うなずいた。

「これは、局の広報担当として認めたわけじゃありませんよ……。でも、そういうことがあるのは事実です」

「一般的に、どのくらいの金が入るものなのですか？」

「それはまったくわかりません。本当ですよ。いろいろな相手から、さまざまな形で手渡されるのですよ。金でない場合もあるでしょう」

「ほう……。例えば……？」

安積には当然見当がついていた。彼はとぼけて尋ねた。

吉谷は生真面目な表情のまま言った。

「一番わかりやすい例で言うと、女性ですね。ここまできたからには正直に申し上げますよ。だが、何度も言いますが、これは広報室としてでなく、私個人の発言です。おわかりいただけますね？」

今の段階で、それは問題ではない。どうでもいいことだ。安積たちは手がかりが欲しいだけなのだ。

「わかっています」

安積は言った。

「つまり、プロダクションは、金の代わりに所属のタレントに一晩相手をさせることがあるのです。何か役をもらおうとしている本人の場合もあります。売り込みたいのが男の俳優の場合、同じプロダクションに所属している若手の女性タレントが相手をする場合もあります。その代わり、この女性タレントも、いつか別のところで、その俳優の力を借りて仕事を取るわけです。つまり、同じ事務所内でバーターをやるわけですね」

安積は須田を連れて来なくてよかった、と思った。

須田がもしこんな話を聞かされたら、本当に傷ついた顔をするに違いない。

「飯島典夫氏と大沼章悟氏にも、そういうことがあったわけですね」

安積が尋ねると、吉谷は安積の顔をじっと見返した。どうしたわけか、再び、彼の態度に自信が戻ってきた。

「さあ……。それはわかりません。私はあくまで一般的な話をしたのです。あってもおかしくないことですがね……」

「売防法に触れませんかね……?」

村雨は言った。

売防法——つまり売春防止法だ。村雨くらいの刑事になると、売防法では現行犯以外は摘発できないことを知っている。

彼は、吉谷の態度が馴れなれしくなってきたので、再び脅しをかけたのだ。刑事が犯罪の名を口にするだけで、相手は不安を感じるものだ。

しかし、今度は効き目はなかった。

吉谷は、かすかに笑いを浮かべさえした。

「自由恋愛ですよ」

吉谷は言った。「あくまでも、本人たちの意志なのです」

安積は彼の笑いが気になった。

この男は、何か勘違いをし始めたに違いないと彼は思った。

例えば、刑事たちと共通の秘密を持つことで、共犯意識を持つといったような……。確かに吉谷は、自分が刑事たちにとって、気心の知れた人間になれたと思い込んでいるようだ。

余裕を回復したのは、そのせいなのだろうと、安積は思った。

誰でも一度は聞いたことのあるような芸能界の裏話を聞かせたくらいで、刑事を抱き込めると思ったら大間違いだ。

安積は吉谷に言った。

「そのあたりの話は微妙なので、詳しく話が聞きたいのですよ」

彼はためしに、吉谷を睨みつけてみた。容疑者を尋問するときの、情け容赦のない眼つきだ。刑事の眼は、やくざに負けず劣らず鋭い。

とたんに吉谷は落ち着きをなくした。

安積は続けて言った。

「……おわかりかと思いますが、私たちは、飯島典夫氏と大沼章悟氏の利害関係について特に興味がありましてね……」

吉谷は村雨と桜井の顔を順に見た。救いを求めるような表情だった。

安積は吉谷をじっと見つめていたので、村雨と桜井の表情は見えない。だが、ふたりが自分と同じく、冷たく鋭い眼で吉谷を見ているのがわかった。

吉谷は安積に眼を戻して言った。

「あのふたりに関しては、本当に実際の話は知らんのです。私は現場の人間ではありませんし……」

この男は嘘はついていない、と安積は判断した。

すべての人間関係を、演技によって乗り切れると考えているいけ好かないタイプだが、悪い人間ではない。立場上、味方につけておいたほうがいい男でもある。

安積は態度を軟化させることにした。

「ごもっともです。私たちも、噂がどの程度本当のことかが知りたかっただけなのです。それで、飯島さんと大沼さんは、それぞれどんな企画を出されていたのですか?」

吉谷はほっとした顔でこたえた。

「飯島Pのほうは、時代ものですね」

Pというのはプロデューサーのことなのだろうと安積は思った。どこの業界にも、独特の言い回しがある。

安積たちがPといえば、警察の意味になる。PSは警察署を意味し、PBは交番を意味する。

「時代もの?」

「彼はもともと、アクション・シーンの多いドラマが好きだったのですよ。ヒットしたのは、現代的なラブコメディーですがね……。テンポがよかった……。アクション好きが効を奏したのでしょうね……。時代ものは、昔からの夢だというようなことを言ってました。現代的な解釈による源義経(みなもとのよしつね)を描きたいと言っていましたね」

「ほう……」

安積は本当に興味をそそられたので、それをそのまま態度に出した。「それは面白そうですね」

「けっこう奇想天外な発想のドラマでしてね……。本人に言わせると、まず、モンゴルの大平原を疾走する騎馬民族のりりしい若者を冒頭で描き、それを、物語の進行に合わせて義経のイメージとだぶらせていく、というのですな……」

「なるほど……」

一瞬、安積はその馬に乗りモンゴルの平原を駆け回る若者を頭のなかに描いた。なかなか感動的だった。

そういう豊かなイメージを追う仕事ができるのは幸せだと彼は思った。しかも、女優が身をまかせるだと……？「それで、大沼さんのほうは？」

「大沼Pの企画はセミ・ドキュメントのようなドラマですね……。今でこそ大沼Pはドラマ班の看板プロデューサーですが、若いころはスポーツ担当記者をやっていましてね……。彼は、プロ野球史をあるスポーツ記者の半生を通して描こうとしていたのです。昔のコネを利用して、プロ野球界の大物たちのコメントを取り、それをどんどんドラマに挿入するのだと言っていました。そういう、本物のもと選手たちの出演も内定しているということでした」

「そちらも面白そうですね」

安積は言った。何と言っても本物の強味がある。日本人は一般にすぐれたフィクションよりも、不出来であれノン・フィクションを好む傾向があると常々安積は思っていた。

「……で、それはやはり役者を使ったドラマなのでしょう？」

「もちろんです。主人公のスポーツ記者のキャスティングはきわめて重要になってきますね……」

「キャスティング?」

「配役のことです」

安積は村雨を見た。村雨はかすかにうなずいた。特に訊きたいことはない、という合図だ。

安積は公平に桜井を見た。桜井は、小さく首を横に振った。村雨と同じことを言おうとしていた。

安積はあらためて吉谷広報室長のほうを見た。

「さて、もう一度同じお願いをしなければなりません。大沼章悟氏に会わせていただけませんか」

吉谷は、すでに選択の余地のないことを悟っているようだった。

短い時間ではあったが、得難い経験だったに違いない。

本物の刑事というのがどういうものかを知らされたのだ。

「いいでしょう」

吉谷は覚悟を決めでもしたかのように言った。すべてにおいて芝居じみた男だった。

「ただし、私も同席させていただきます」

「かまいませんよ」

本当を言うと、おおいに迷惑なのだ。しかし、今ならまだ許せる。

とにかく、手がかりさえつかめればいいのだ。

大沼ひとりに会う機会は、まだいくらでもあるはずだ——安積は思った。

11

勢いよくドアが開いた。

応接室に、大沼章悟が入ってきた。彼は、つっ立ったまま、そこにいた一同を睨み回した。

背が高く、肩幅が広い。ベージュのスポーツジャケットに、すそに折り返しのあるコットンパンツ。

折り返しはきっかり四センチに違いない。それにオクスフォード地のボタンダウンのワイシャツ——これが、アイビーリーガーの心意気というものだ。

ネクタイはエンブレム柄だ。

少々腹が出てきていたが、若々しい出で立ちが似合っている。

肌が浅黒いが、日焼けサロンなどで焼いたのではなく、本物の太陽の光を受けたものであることがわかる。

顔立ちは整っている。若いころは——いや今でも、相当女にもてるはずだと安積は思った。

もしかしたら、若いころより今のほうが女性の心をくすぐるかもしれない――大沼章悟にはそう思わせる雰囲気があった。

彼の顔に、若い時代には決して身につかない一種の毒のようなものが見て取れたのだ。それが女にとって魅力的なものであることを安積は知っていた。

大沼章悟は明らかにスポーツマンタイプだ。スポーツマンがさわやかな性格をしているというのは多くの人の希望的観測であり、誤解に過ぎない。

むしろ、一流スポーツマンには悪人が多いかもしれない。特にプロの選手は善人ではつとまらないことが少なからずある。

大沼章悟は、一目で尊大な男だということがわかる。

部屋に入ってきて、勢いよく立ち止まったときに、くわえていた煙草(タバコ)から灰が落ちた。それにまったく頓着しなかった。

彼は煙草をくわえたまま、広報室長に言った。

「何の用だ?」

「警察のかたが、君に会いたいとおっしゃっている」

大沼章悟は、安積のほうを見た。安積から彼を見上げる形になっているので、どうも分(ぶ)が悪い。

大沼は手に持っていた書類を一瞥した。迷っているようだった。

しかし、彼が躊躇(ちゅうちょ)していた時間はごくわずかだった。決断が早いのだ。それを求められる職業なのだろうと安積は思った。

思索の深さより決断力が優先する世界——そんなものは、ろくなもんじゃないぞ——安積は心のなかでそんなことをつぶやいていた。

大沼はドアを閉めた。立ったままで言った。

「いいだろう。何だい？　用は……」

彼のほうに勢いがある。このままではまずい——安積は思った。

「飯島典夫さんの殺人事件について捜査しています」

安積は、故意に露骨な言いかたをした。

相手を動揺させて自分たちのペースに持っていこうとしたのだ。

だが、大沼は動じなかった。ロもとの煙草に手をやると、目を細めて、最後の一吸いをする。煙草を乱暴に、誰も使っていない大理石の灰皿に押しつける。灰が飛んだ。

立っているときよりも、顔が近づいた。その状態で安積の顔を見た。煙たげな表情だ。

単に煙草の煙が目にしみるだけだろうか？　安積は思った。それとも……。

しかし、向こうからのぞき込むようにして顔を見られ、正直言って、安積は少しばかりたじろいでいた。

「それで私に、何が訊きたいんだ？」

煙草をもみ消すと、また腰を伸ばし、今度は腕を組んだ。組んだその下から、手に持った書類が見えている。進行表か何かのようだ。彼は仕事の途中なのだ。

その姿勢はひどく威圧的だった。

どこかで逆転させなければならない——安積はそう思いながら言った。

「飯島典夫さんが亡くなられたときに、同じパーティーに出席なさってましたね」

「してた」

「パーティーには、ごいっしょに出かけられたのですか?」

「いいや。会場で会ったんだ」

「事前にあのパーティーのことを、飯島さんとの間で話題にしたことはありましたか?」

「ない。局内では、あの人とはあまり話をしなかった。今思うと残念だが……」

「残念……?」

「そう。あの人は、私の二年先輩に当たるが、ドラマ班では、さらに先輩だった。私がドラマ班に配属になったとき、すでに彼はヒットを飛ばしていたからね」

「では、飯島さんがあのパーティーに招待されていることを、あなたは知らなかったのですか?」

「いや、招待されていることは知っていた」

「どうやって知ったのですか?」

「主催者側の人間に聞いたんだ」

「誰です? それは」

「アクロス開発の落合という男だ」

「落合忠さん——」

　安積はうなずきながら言った。「アクロス開発の事業課長で、今度オープンした『スペース・セブン』の支配人ですね。以前から彼をご存じなのですか？」

「知っていた」

「どういうお知り合いで」

「落合は、かつて、やはりアクロス開発が経営していたバー・レストランのマネージャーをやっていたんだ。西麻布の店だ。そのときからの知り合いだ。よく飲みに行ったんでね」

「そのお店の名は？」

「『ワイン・アンド・ローゼズ』。みんな、『酒バラ』って呼んでるけどね」

「『酒バラ』……？」

「ザ・デイズ・オヴ・ワイン・アンド・ローゼズ……。スタンダード・ジャズのタイトルだ。有名な曲だぜ。邦題が『酒とバラの日々』。バンドマンたちはその曲を『酒バラ』と呼ぶ。符丁みたいなもんだ」

「落合さんとはどのくらいのお付き合いになります？」

「そうね……。『酒バラ』へ通い始めるようになってからだから……三年くらいかね？」

「飯島さんのほうも、落合さんとはお付き合いはあったのですか？」

「さあね。落合に聞けよ」

両足に均等に体重を乗せていた大沼だったが、不意に右足のほうに体重を移動した。最も威圧的な姿勢を、無意識のうちに崩してしまったのだ。

安積は刑事の代表的なテクニックのうちのひとつを使っていた。矢継ぎ早に質問をして、なるべく余計なことを考える間を与えないのだ。

すると相手はだんだんと勢いを失っていくものだ。安積の思惑は成功した。今、大沼は不安を感じつつある。

体重を右足に置いたと思ったら、すぐに左に移した。落ち着かなくなってきた証拠だ。

「飯島さんがあのパーティーに出席されることを、落合氏から聞かれたのは、いつのことですか？」

「先週だよ」

「先週のいつですか？」

「いちいち覚えてないな……」

「思い出してみてください」

一度横目を使うように目をそらしたが、再び安積を見た。

「なぜそんなことが重要なんだ？」

尋問しているとき、刑事は決して相手の問いにこたえてはならない。質問する側とされる側の立場の差を思い知らせるのだ。

安積はもう一度言った。

「先週のいつ、落合さんからそのことを聞いたのですか?」

大沼はふてくされたように、吉谷広報室長を見た。

吉谷はだんまりを決め込んでいる。利口な男だ——安積は思った。ここは、吉谷の出る幕ではない。彼は弁護士ではないのだから。

「手帳、見ていいかい」

大沼が安積に尋ねた。安積はうなずいた。

「どうぞ」

彼は内ポケットから、システム手帳を取り出した。ポケットサイズで最近流行している形のものだ。

ページをめくっている。安積の位置からは何のページなのかが見えない。それが残念だった。毎週のスケジュールを見ているとは限らないのだ。

「ええと……」

大沼は言った。「思い出したよ。火曜日だ。『酒バラ』でけっこう飲んだな、あの日は……」

「そのときは、誰かとごいっしょで?」

「おい」

ついに大沼は語気を強めた。「何なんだ、こいつは。これは取調べか? 私は殺人の容疑者なのか?」

彼は三人の刑事の顔を見回し、次いで吉谷広報室長の顔を見た。

「そうではありません」

安積はおだやかに言った。「まだ、ね……」

大沼は何か言い返そうと口をあけて、そのまま動きを止めてしまった。

吉谷広報室長が思わず、ソファの背もたれから体を浮かしていた。

そればかりか、無表情を装っていた村雨と桜井が、安積のほうを見てしまった。

安積は、その全員の驚きに満足した。これで、大沼は、少しは思いどおりになってくれる。

安積は言った。

「そう。まだ、誰も容疑者ではないのです。ですから、私たちは、あらゆる関係者から、できるだけ詳しい話を聞く必要があるわけです」

「驚かさんでくれ……」

大沼が言った。「そのうち、私が容疑者になるような口振りだった……」

「そう聞こえたのなら、謝りますよ」

そう聞こえるように言ったんだ。「告訴などされたら、たまりませんからね。……ところで、さきほどの続きです。先週の火曜日は、西麻布の……、その……」

安積は桜井を見た。彼はメモを取っている。桜井が助け舟を出す。「『ワイン・アンド・ローゼズ』」

「……そう。その『ワイン・アンド・ローゼズ』で、どなたかとごいっしょでしたか？」

「望月和人といっしょだったよ」

「望月和人……？　どういう人です？」

安積は、またしても他の全員の注目を浴びることになった。だが、今度は安積が意図してやったことではない。

「望月和人を知らない……？」

「有名な人なんですか？」

「確かに彼はもう旬を過ぎている。だからって……」

「旬……？」

「役者としての旬だよ。テレビの世界にゃね、旬というものがある。五年……いや三年も経ちゃあ、もう昔話だ。もてはやされる役者は限られていて、まあ旬は長くて二年。短けりゃ半年だね」

「つまり、望月和人というのは、一時期もてはやされた俳優だ、と……？」

「刑事さん、テレビは観ないようだな……。私も観ない」

「テレビを観ない？」

「そう、そんな暇もないし、興味もない」

「そんなもんですか……？」

「そんなもんだよ。テレビなんて」

テレビを軽蔑（けいべつ）しているような言い方だった。謙遜（けんそん）をしているわけではない。本当に吐きすてるような言いかただった。

安積はその口調が気になったが、何も言わなかった。

しばらく考えたのちに、安積が質問を再開した。

「では、その望月和人さんと、あなたと、落合さんの三人で話をしていたわけですね」

「正確に言うと、もうひとりいたな……。その店は、ジャズ・ボーカルが日替わりで入っていてね……。休憩時間だったんで席に呼んだんだ。顔見知りになっていたからね。内田（うちだ）聡美（さとみ）という名だ。けっこういい女でね……」

「では四人で……？」

「そう」

「そのときに、飯島さんがパーティーに出席なさることをお知りになったわけですね？」

「ちょっと待ってくれ。正確にいこうじゃないか。出席することを知ったわけじゃない。落合が招待することを知ったんだ。飯島さんが出席するかどうかなんて、当日、会場で会うまで知らなかった」

「なるほど……。どんな話の流れで？」

「落合がね、私におうかがいを立てに来たというわけさ。飯島さんもパーティーに呼びたいと思ってるんだが、どうだろう、と……。『スペース・セブン』のオープニング・セレモニーのことは、以前から聞いていたからね……」

「それで……？」

「好きにすればって言った」

「先週の火曜日ね……」

村雨が言った。安積以外の刑事が口を開いたのは初めてだったので、大沼は少しばかり驚いた顔をした。「ちょっと、話題としては遅過ぎやしませんか？　パーティーは、今週の日曜……。招待ってのは、もっと早目にするもんでしょう」

「そんなことは私に訊いたところで始まらん。落合に訊けばいい。ただ、私のところへは早目に招待状が届いていたよ。飯島さんのことは、後回しになっていたんじゃないの？　なんせ、けっこう派手な人たちを呼んでいたでしょう。落合の顔の広さもあるだろうけど、あれだけの有名人のスケジュールおさえるだけでもたいへんだ」

「飯島氏は、もともとの人選から洩れていた、と……？」

安積が訊いた。

「さあ……。飯島さんを人選から外していたか、それとも、わざと招待する時期をずらしたか……。そいつは、私にはわからない。何度も言うが、落合に訊いてくれよ」

「おっしゃるとおりです」

安積は言った。

「もう行ってもいいかな？」

大沼が言う。「打ち合わせの途中なんだが……」

安積はうなずいた。

「いろいろと、ありがとうございました」

型通りに彼は言った。

マークIIに乗るとすぐに村雨が言った。

「望月和人に会ってみますか?」

安積はつぶやいた。決めかねている。

「そうだな……」

桜井はまだエンジンをかけずに指示を待っていた。彼は安積の呼吸を知っている。

安積は時計を見た。午後一時になろうとしていた。

「こんな時間か……昼食にしよう」

桜井がエンジンをかけた。

マークIIはゆっくりとTNSテレビの駐車場を横切って外に出た。

例の灰色の谷の番人が、ちらりとマークIIのほうを見て、不機嫌そうにそっぽを向いた。

外へ出たとたん、車の列と人の波に呑み込まれてしまった。昼どきの赤坂とあってはしかたがない。

安積はぼんやりと外の景色を眺めていた。ビジネスマンやOLが一時の解放感を味わっている。そろそろ昼食を終えてオフィスへ戻らねばならない時間だろう。

「車を駐車場に置いたまま、食事に出ればよかったですね」

桜井が言った。

「かまわんさ。そのあたりに駐めちまえ」

安積が言った。

「赤坂署の連中にレッカー移動されませんかね」

村雨が言った。もちろん冗談のつもりだろう。

もしそんなことになったら——安積は思った。罰金はポケットマネーで払うのだろうな。

まさか署の経費で罰金を払うわけにもいくまい。

桜井は用心深い。それとも、村雨の言葉を本気にしたのか、マークIIを国際新赤坂ビルの地下駐車場に入れた。

三人は裏通りの中華料理屋に入った。

安積はあまり空腹を感じていなかった。若いころは、食べることだけが楽しみだったような気がする。そんな時代が信じられない。

適当に注文を済ませると、村雨が桜井に指示した。

「署か捜査本部に電話して、望月和人の所属プロダクションを調べてもらえ。芸能人の年鑑があるはずだ」

安積は付け加えた。

「須田に頼め。何とかしてくれる」

桜井が駆けて行った。

ふたりになると、村雨が声を落として、尋ねた。

「係長。本当に望月和人を知らなかったんですか？」

「顔を見りゃわかるかもしれないがな……」

「ははあ、だからか……」

「何だ？」

「望月和人という名をあまり気にしていないみたいだから……」

「何かひっかかるのか？」

「リストに載ってるんですよ」

安積は村雨の顔を眺めて黙っていた。村雨はうなずいてから、もう一度言った。

「そう。パーティーの出席者リストのなかに、その名前があったんです」

12

望月和人が所属するプロダクションは、TNSと同じく赤坂にあった。

芸能プロダクションは赤坂・六本木あたりに集中している。望月和人のプロダクションが赤坂にあるというのは別に偶然ではない。『氷川企画』というプロダクションは、マンションの一室にあった。

名前のとおり、氷川神社のそばの古いマンションだ。

安積は、芸能プロダクションと聞いて、もっと派手で大きなオフィスを想像していた。しかし、実際にはプロダクションや事務所と称する会社の多くは、こうしたマンションの一室程度の規模でしかないのだ。

安積たち三人が訪ねると、すぐさまドアのなかに招き入れられた。周囲の目を気にしてのことだと、安積はすぐに気がついた。ドアのまえで警察手帳など出さないでよかったと思った。聞ける話も聞けなくなってしまう。

安積たちは、望月和人に話を聞きたい、と申し入れた。すぐに社長が出てきた。浜田(はまだ)安吉(やすきち)と名乗った。五十代半ばの恰幅(かっぷく)のいい男だ。かつては自分も俳優だったという。劇団から独立して早二十数年が過ぎたと、尋ねもしないのに語った。

安積は辛抱強く話の相手をしてから、再度言った。

「望月和人さんにお会いしたいのですが……」

浜田社長は安積を値踏みするような眼つきで見た。安積が何度も出会ったことのある独特の眼つきだ。すぐに思い出した。やくざの眼つきだ。

「いったい、どういったご用件で……？」

「TNSテレビの飯島典夫プロデューサーが亡くなられたのはご存じですね」

「ええ。私も葬式に駆けつけましたよ。世話になりましたんで、香典もはずませてもらいましたがね……。それで？」

「お知り合いだったかたがたに、順にお話をうかがっているというわけです」

「そいつはおかしい」

「なぜです？」

「私に話を聞くというならわかります。実際に私は飯島さんとは付き合いもあった。仕事上でも、また仕事をはなれた場でもね。だが、うちの望月は飯島さんとは付き合っているというほどの間柄じゃない」

「いっしょに仕事をなさったことはないのですか？」

「そりゃ……。望月は引っ張りだこでしたからね……。飯島さんの番組にも出していただいたことはありましたよ……」

「その程度のお付き合いのかたがたにもお話をうかがわなきゃならんのですよ」

「なるほど、それが規則だ、というわけですか？ 常套句(じょうとうく)ですな」

知ったふうなことを言う。安積は心のなかで毒づいていた。どいつもこいつも刑事ドラマの見過ぎだ。刑事の側も含めて……。

「規則だからではありません。必要だからです。私たちが望月和人さんにお話をうかがいたいのには理由があります」

相手はいくぶんか鼻白んだ。

安積が、いちいち冗談に付き合うような人間ではないことを理解したのだ。

「ほう……。その理由を聞かせていただけますかな」

　ここで大沼プロデューサーの名を出すような失敗は決して犯してはいけない。

「望月さんは、飯島さんが死亡されたその夜、同じパーティーに出席されていました。それが理由です」

　浜田安吉社長の顔色が変わった。今までの世間を小ばかにしているような大物気取りが影をひそめてしまった。

「……まさかうちの望月が飯島さんを……」

　安積は首を横に振った。

「そうは考えていません。ただ、あのパーティーに出席していて、少しでも飯島さんとお付き合いのあったかたに、順にお会いしているだけです」

　浜田はうなずいた。

「私が同席してもかまいませんか？」

　安積は迷った。だが断わるのは不自然だった。今の段階では、まだ相手をひとりにする必要もない。

「もちろん、かまいません」

　浜田は立ち上がり、デスク担当の女性に望月和人の居場所を尋ねた。

　戻ってくると安積に向かって言った。

「世田谷の砧にある撮影所におります。これからすぐに出かけますか？」

「行きましょう」

　安積は立ち上がった。

　黙って話の成り行きを見つめていた村雨と桜井も、ほぼ同時に腰を上げていた。

　撮影所の広く埃っぽいスタジオのなかに、近代的なオフィスが作られている。窓の外の景色は、モノクロームの写真にところどころ絵の具で彩色したものだ。

　安積はそのほうが本物のカラー写真より、実際の景色らしく見えるのに気づき、感心した。どこの世界にもプロの工夫というものがある。

　スタジオのなかで、ライトで照らされている場所だけが別世界のように華やかだ。

　その他の場所はどこも無機的で冷えびえとしている。暗く、そして薄汚れている。

　スタジオのなかで動き回るさまざまな人々も、一様に汚れた恰好をしている。安積には、ことさらにそういう服装をしているようにすら見えた。

「お仕事中のようですが、いいんですか？」

　安積は浜田社長に続いてスタジオに入り、小声で言った。

「ドラマの撮影ってのはね、やたら待ち時間が多いもんなんですよ。……まあ、うちの望月くらいになれば、優先的に撮ってもらえるわけですがね。時間の融通はきくと思います。今、様子を見てきます」

　浜田は慣れた様子でセットに近づいていった。

助監督か、あるいはカメラの助手か、それとも今ではADと呼ぶのか、若い男が上の者に、ものすごい勢いで怒鳴られていた。

この世界も警察と同じで下の者に対しては容赦ないようだ。そういう小社会は、現代ではどんどん少なくなっている。

安積にはいいことなのか悪いことなのかわからなかった。ただ、悪いことではないような気が漠然としていた。

安積はそれとなく村雨を見た。きっと村雨は別の意見を持っているだろう。安積は思った。

浜田はそつなく、しかも貫禄（かんろく）を失わぬようにスタッフたちと雑談を交し、たちまちひとりの男を集団のなかから連れ出してきた。

その男はひどく不機嫌に見えた。

浅黒いメイクをしている。身長は高いほうだ。だが、安積に言わせればやせ過ぎているように見える。

目が大きく、頬がこけた個性的な顔立ちをしている。髪は、脇とうしろはきれいに櫛でなでつけてあるが、前髪が適度に乱れてわずかに額に垂れている。

髪は濡（ぬ）れているように見えるが、そうではない。そういうふうに仕上がるローションで固めてあるのだ。

ソフトスーツと呼ぶのか、ダブルのゆったりとしたスーツを着て、結び目が小さくなる、芯の入っていないネクタイをしている。

安積はいつだったか、娘の涼子にそういったネクタイをプレゼントされたことがあった。ケンゾーだの何だのと、わけのわからないことを言っていたのを思い出す。

しかし安積は、その頼りない感触に馴染めず、それきりそのネクタイはタンスのなかで眠っている。

なるほど、こういう具合に結ぶのがコツなのか——安積はそんなことを考えていた。

「警察ですって?」

目のまえに来たやせた背の高い、個性的な顔立ちの男が言った。

「そう」

安積はうなずいた。「望月和人さんですね。もしよろしければ、いくつか質問にこたえていただきたいのですが……」

望月は迷惑そうな顔をした。彼は、セットのほうを一度かえりみてから言った。

「いやだとは言えんでしょう……」

刑事は、こういう態度に慣れている。安積は、相手がどんなに不機嫌であろうが、迷惑がろうが、今ではまったく気にならなくなっている。

「その代わり、手短にお願いしますよ」

浜田社長が言った。

安積はうなずいた。

「あなたは『スペース・セブン』のオープニング・パーティーに出席なさっていますね？」

「ええ……」

望月は安積のほうを見ようとしない。周囲をしきりに見回しながらこたえた。

「そこで、飯島さんと何か話されましたか？」

「話ねえ……。別にこれといって……。挨拶程度のことですねえ……」

「挨拶はされたわけですね」

「そりゃあね……」

「それは何時ごろのことでしょう？」

「さあ……？」

「そうですか……。それでは、最後に飯島さんの姿をごらんになったのは？」

「もちろん、あのパーティーで、ですよ」

「何時くらいか覚えていますか？」

「覚えていないな……」

「パーティーのまえに飯島さんにお会いになったのはいつです」

「そう。ずいぶんまえですね」

「いつごろですか？」

「さあて……。さ、もういいでしょう？」

「ここじゃ落ち着きませんか？　署へ行きましょうか？」

初めて望月は安積の顔を見た。

そして、射すくめられたように一瞬身をこわばらせた。安積の眼光の鋭さに驚いたのだ。

普通に暮らしている人々は、本物の刑事と出会う機会などあまりない。そして初めて出会ったとき、たいていの人はその眼に威圧されてしまう。

「ちょっと待ってください……」

浜田社長が言った。

安積は取り合わず、村雨と桜井に命じた。

「おい。パトカーにご案内しろ」

村雨と桜井がうなずいて、望月の両側へ行き、腕を取った。

「社長、これは……?」

望月がすがるような眼で浜田を見た。浜田はあわてて安積に言った。

「ちょっと刑事さん。そういうのはなしにしましょう」

「私たちは、質問に対するまともなこたえを聞きたいだけです。そのためには場所を変えたほうがいいようだ」

もちろん、今の安積には望月を強制的に連行する権利などない。また、その気もない。

本気になってもらうための演技だ。

村雨も桜井も、そのあたりは心得たものだ。

だが、実際に刑事に「署へ来い」などと言われた一般市民は動揺してしまってそのことに気づかない。

また、刑事の捜査上の権限について詳しく知っているような人間はほとんどいない。

「社長……。あんたが、適当にこたえりゃ済むなんて言うから……」

「それにしたって、もう少しましな受けこたえがあるだろう……。ねえ、刑事さん。こんなところからしょっぴかれちゃあ、とんだ週刊誌沙汰だ。頼みますよ……」

たっぷり間を取ってから、安積は村雨たちに引くように目で合図した。ふたりはさっと離れる。絶妙の呼吸だ。

安積は心のなかでひそかに言った。ブラボー、劇団ベイエリア分署。

「それではもう一度あらためてうかがいます。パーティーであなたが飯島さんに会われたのは何時ごろでしょう？」

「時間は覚えていません……。ですが、会って挨拶をしているときに、司会の人に飯島さんが指名されました。一言お願いしたい、と……」

「それから、飯島氏はすぐマイクのところへ行って祝辞を述べた……？」

「そうです」

「間違いありませんね？」

「間違いないですよ」

「最後に飯島さんを見かけたのは？」

「そのときが最後です。僕も、他の人たちのところへ挨拶して回っていましたし……」

「飯島さんがパーティー会場から出て行ったのに気づきませんでしたか?」

「いいえ、まったく……」

「何か当日、飯島さんについて気づいたことはありませんでしたか?」

「ないですよ……。僕はそれほど深く飯島さんのことを知っていたわけじゃないんです。一度挨拶して、その日はそれっきりですよ。気にもしていませんでした」

理屈の上では納得できるな……。安積はそう感じた。あくまでも理屈の上では……。

「ところで、先週の火曜日の夜、どこで何をしてらっしゃいましたか?」

「先週の火曜日……?」

望月は虚をつかれた感じだった。いや、単にそれだけだろうか……。安積は、じっと望月の反応を観察し始めている自分に気づいた。

望月は急にうろたえ始めたように見える。それとも、単に思い出そうとしてあせっているだけなのだろうか?

「先週の火曜日がどうしたっていうんです?」

浜田社長が抗議した。「そいつが、日曜日の事件と何か関係があるんですか?」

「関係あるかないかはこれから調べていくのです。ある事実を確認したいだけです」

安積は言った。

「思い出した」

望月が言った。「その夜は、西麻布の店で飲んでます。そうですね……。九時ころから二時近くまでいたはずです」

「店の名は？」

「ええと……。いつも『酒バラ』って呼んでるんですが……」

「どなたかごいっしょでしたか？」

望月は安積の顔を見てから、浜田社長の顔を見、こたえた。

「ＴＮＳテレビの大沼プロデューサーです」

安積は望月を見つめていた。が、浜田社長の反応が手に取るようにわかっていた。息を呑む音がはっきりと聞こえてきたのだ。

浜田社長は、安積たちがなぜ望月を訪ねてきたのか、その本当の理由に気づいたに違いない。

飯島プロデューサーと大沼プロデューサーの競争の噂は相当に広く知れわたっているようだ。

いや、何者かが――おそらくさまざまな立場の者が、それぞれの思惑で噂を広めたことも考えられる、と安積は思った。例えばあの吉谷広報室長。この噂が広まれば、それだけで人々の興味を引き、かなりの宣伝になるはずだ。

金を使わない宣伝――この業界では何と呼ぶのだっけな……。そう、パブリシティーだ。

「ふたりきりですか？」

「いえ……」

望月は再びちらりと浜田社長のほうを見た。浜田社長は口出ししようとはしなかった。

「途中から、あとふたり増えて……」

「どなたとどなたです？」

「もと『酒バラ』のマネージャーの落合という男と、その日、店で唄っていたジャズ・ボーカリストの内田聡美です……」

「そのとき、飯島さんの話題は何か……？」

「落合が……。その落合というのは、今度できた『スペース・セブン』――あのパーティー会場のある建物ですがね――そこの支配人になった男なんです。彼が、大沼さんに、言ってました。飯島さんをあのパーティーに招待したいのだがかまわないか、というようなことを……」

安積は黙ってうなずいた。彼は浜田社長の反応が見たくなった。彼のほうを見た。

心なしか顔色を失っているように見える。これは一般的な反応ととらえるべきか。それとも……？

望月も完全に牙を抜かれたようなありさまで、今度は何を訊かれるだろうと、びくびくしている。

だが、彼は演技していた。何でも訊いてくれといわんばかりの眼で安積を見つめている。

その演技が気になったが、安積はこの辺で切り上げることにした。

「お忙しいところをどうも……」

望月は明らかにほっとしていた。スタジオをあとにした安積たち三人の刑事に、望月と小声でやり合っていた浜田社長が追いついた。

浜田は言った。

「刑事さん……。さきほど言われたことと、質問の内容に少し食い違いがあるように感じたのですがね……」

「そうですか？」

安積はそっけなく言った。「こちらにはそのつもりはありませんが……？」

「だが、あなたがたは、うちの望月が大沼プロデューサーと会っていたのを知っていて、会いに来たのでしょう？」

「知っていました」

「私にはそのことはおっしゃらなかった」

「言う必要がなかったからです」

安積は立ち止まり、浜田の顔を見た。「それとも、そちらに何か不都合なことでもおありなのでしょうか？」

「いや」

浜田は即座に首を横に振った。「そういうわけではないのですが、大沼さんと飯島さんが常にトップ争いをしていたのは事実ですし、現に今度の春の特番の成績いかんでは、どちらかが制作局次長の椅子を手に入れるという噂でしたし……」

安積は、さっと浜田から目をそらした。制作局次長の椅子？ そいつはいいことを聞いた。

ほうびに安心させてやってもいい。

「浜田さん。ご心配には及びませんよ。本当に望月さんにお話をうかがったのは、捜査の参考としてに過ぎません。まだ誰も容疑者ではないのです」

それにしても、局次長か……。

村雨が言っていたな、私はポーカー・フェイスだって——安積は思った。捜査には必要な技術のひとつなのかもしれない。

13

覆面パトカーで送ろうかと言ったら、浜田社長は忌み嫌うように断わった。来るときは何も言わなかったのだが……。

次に西麻布の『ワイン・アンド・ローゼズ』——通称『酒バラ』を訪ねた。開店前だったが、フロアー・チーフをつかまえて話が聞けた。

安積は先週火曜日に、大沼と望月が会っていたことの確認を取ることができた。望月が言ったとおり、ふたりは九時ごろから午前二時までずっといっしょだったということだ。午前二時はこの店の閉店時間だ。

安積はフロアー・チーフに内田聡美の連絡場所を訊いた。彼はスケジュール台帳を調べ、電話番号を教えてくれた。自宅だということだった。

こういう場所に出演するジャズ・プレイヤーの多くは、一応事務所には所属しているが、たいていは自分で直接仕事を受けるのだという。事務所でもいちいちスケジュールを把握していないものだと言われた。

桜井がその番号に電話したら、留守番電話だった。

安積たちは、『ワイン・アンド・ローゼズ』をあとにした。

五時半だった。

「捜査本部に戻りましょうか?」

村雨が尋ねた。

「そうしてくれ」

安積はそう言ってから、訂正した。「いや、捜査本部へは、おまえさんたちふたりで行ってくれ。私は署へ戻る。どうも気になるんでね……」

「心配性ですね」

村雨が言う。「一日くらい署をあけたってどうってことないでしょうに?」

そう。私みたいな男が刑事部屋にいようがいまいが、どうということはない。

だが私はつい戻ってしまう。捜査本部よりも、ベイエリア分署の刑事部屋のほうが気になるのだ。安積はそう心のなかで村雨に訴えた。

「赤坂署と麻布署には一応断わっておいてくれ。管内でうろついている、とな。そういうことは、村雨、おまえにまかせたぞ」

「わかりました。……ですが、係長。私のこと、誤解してやしませんか？」

「そうか……？」

いったいどういう誤解だというんだ？

「私が、そういった政治的な段取りや手続きが得意だと思ってるんじゃないですか？」

「思ってる」

「そいつが誤解だというんです。好きでやってるんじゃないんですよ。ほかにやる人間がいないんです」

そう……。おまえの言うことも一理ある。安積は思った。ベイエリア分署に部長刑事はふたりしかいない。片方は、あの須田だ。須田に、百戦錬磨の刑事たちを向こうにして政治的かけ引きをやれと言っても、おそらく悲惨な結末が待っているだけだろう。

「わかった」

安積は言った。「だが、組織として言えば、そういう人間は得意なのだということになるんだ」

「そうですかねえ……」

それきり村雨は何も言わなかった。時折流れてくる無線の声に耳を傾けているように見えた。

残念ながら、潮のにおいはしなかった。

安積は一階のスチール枠のドアをくぐった。この粗末なドアが湾岸分署の玄関だ。

二階の公廨へ行くには、二通りの行きかたがある。

安積は、出かけるときは、廊下から直接駐車場へ行ける外の鉄の階段を使う。この階段は本来は非常階段なのだ。

二階へ行く階段はもうひとつある。非常階段と反対側の奥にある階段だ。

非常階段が「外階段」そして、この奥の階段が「内階段」と呼ばれている。容疑者や軽犯罪者を連行するときは、必ず内階段が使われる。

入ると受付があり、そのカウンターの奥が交通課だ。

カウンターのまえを歩いていると安積を呼び止める声がした。

「ハンチョウ」

見ると、交機の小隊長、速水警部補だった。

「俺が非番のときに、けっこう楽しんでくれたそうじゃないか?」

周囲の交機隊員が、さりげなくふたりの会話を聞いている。

「いいときに休んでいるおまえさんが悪いんだ。ところで、あの怪物にゃたまげたぞ。いったい何だありゃあ……」

「交機46と47だ。一五〇〇ccバイク。説明は受けていると思うが……?」

「ああ……。だが、実際に役に立つのを見るのは初めてだったもんでな」

「実を言うとな、機動性や加速なんかを考えるとナナハンのほうが上なんだ。まあ、あいつの長所は、長時間乗っていても比較的疲れない安定性と威圧感だね」

周囲の交機隊の連中が忍び笑いを洩らした。

「はっきり物を言うんだな?」

「そう。俺は思ったことは、はっきり言う。あんたと違ってな、ハンチョウ」

「おまえさん、いやなやつだな」

「あんたもな、ハンチョウ」

そう言って速水はにっと笑った。さすがに交機隊の連中は遠慮して笑いはしなかった。

速水は第二当番のようだ。午後四時に出勤して、午前零時まで勤務だ。

安積は小さく手を上げると速水に別れを告げ二階へ上がった。

「どうだ? 変わりないか?」

三人の刑事が顔を上げて、同様に驚いた顔をした。

「チョウさん……」

須田が言った。「きょうはずっと捜査本部のほうだと思ってましたよ」

「そう思って、一日サボってたんじゃないだろうな?」

「そりゃないですよ」

須田が悲しげに言った。「例の自動車窃盗犯ね――あの、大橋がつかまえたふたり――やつらをずっと尋問してたんですよ。もちろん乗ってた車のことなんかも調べてましたし……、これは黒木がやってくれたんですがね……。やっぱり盗難車でしたよ。赤坂の路上から盗まれたんです。被害届が出てました」

安積は席に戻ってから、ゆっくりと訊いた。

「それで、ふたりの尋問から何かわかったのか？　組織のこととか……」

「記録がありましたよ。ふたりとも、もと暴走族のリーダー格だった男です。今では暴力団の下部組織と付き合っているようなんですが、自動車窃盗団のことについては、しゃべろうとしませんね……」

「取調べは誰がやった？」

「大橋です」

「大橋が……？」

「そうです。……だって、彼が逮捕したんですからね……」

須田らしい発想だ。大橋だっていつまでも使い走りではいられない。

その点については文句はなかった。だが、こちらとしては、何とかふたりから自動車窃盗組織のことを聞き出したい。

何と言ったらいいのか微妙なところだ。安積が考えていると、須田が言った。

「もちろん、明日からは俺がやりますよ、チョウさん」

「……そうだな……。いや、大橋が取調べをしたということに文句はない。手を替え品を替えというのが必要だ。そこで明日は選手交替ということでいいと思う」

「ええ、チョウさん。わかってます。俺もそう考えているんです。その次は黒木にやらせますよ」

「……いいだろう……」

安積は、机の上に書類が増えていないか、あるいは伝言のメモの類はないか確かめた。

「電話あり。下記に電話乞うとのこと」そういうメッセージがあった。その下に都内の電話番号が記されている。

「これは誰が受けたかわかるか?」

メモ用紙を掲げて見せた。

三人の刑事は顔を見合って首をひねった。

「内勤の制服さんじゃないですか?」

須田が言った。「さもなくば、課長ですね」

安積はうなずいた。メモに、相手の名を書き忘れる警察官などいない。このメッセージを残した人間は、故意に書かなかったのだ。

そして、その字は町田課長の字に似ていた。

安積はその番号に電話してみた。今、ベイエリア分署の刑事捜査課が関わっている案件のどれかへの、重要な情報提供かもしれない。

三回の呼び出し音のあと、相手が出た。若い女の声だ。その声が誰だかすぐにわかった。彼女は、かつての妻の旧姓を名乗った。

娘の涼子だった。

「涼子か……」

「あ、お父さんね……。よかったわ、連絡がとれて」

「この番号はどこなんだ?」

「あたしの部屋。あたしの城よ」

「……どういうことだ?」

安積は、三人の刑事が自分のほうを気にしているのに気づき、声を落とした。

「あたし、ひとり暮らしを始めたの」

「何だって……?」

安積は心底びっくりした。「どうして、また……」

「それについて、お父さんにいろいろと相談したいの……」

「おまえ、相談というのは、何かやっちまうまえにするものだろう。どうしてまた、母さんの実家を出ちまったんだ?」

「……いろいろとね……。その点について話し合いたいの……」

安積のなかでは涼子はいつまでも小さな子供でしかない。しかし、実際には二十歳を過ぎたおとななのだ。

彼女なりに悩みがあって不思議はない。

しかし、かつてはいっしょだった家族がどんどんばらばらになっていく。踏みとどまるべきところで踏みとどまらなかったから、歯止めがきかなくなるのだ――安積はそう思った。すべて自分が悪いような気になってくる。

「いつだ?」

「お父さんの都合に合わせるわ。あいかわらず忙しいんでしょうから」

「父さんたちの仕事は他人(ひと)と約束ができないんだ。知ってるだろう?」

「それでもいいわ。いちおう決めておいてだめになったら電話して」

「電話もできないことだってあるんだ」

「かまわないわ。一時間くらい待って来なかったら帰るから……。また約束すれば済むことだわ」

優しい娘だ。

だが、刑事と付き合う娘がみな理解があるとは限らない。

いや、むしろ、付き合い始めたときに、理解を示そうとする相手が問題なのだ。彼女はそれが偽りであることにいずれ気づき始める。

そして、本音と偽りの言葉の間で揺れ始めるのだ。つまり葛藤(かっとう)というやつだ。

それは自分自身との喧嘩(けんか)だ。女はその状態に耐えられなくなる。やがて、女は刑事からはなれていく。しかたのないことだ、と安積は思った――。

「早いほうがいいんだろう。明日の午後八時はどうだ？」

「いいわ？　どこ？」

「それはそっちが決めてくれ」

「そうね……。表参道。ハナエ・モリ・ビルの一階。『花水木』という喫茶店」

青山・表参道は涼子が好きな街だった。

「わかった」

電話を切った。

安積は、須田、黒木、大橋の三人を見た。三人とも、何となく聞いてはいけないことを聞いてしまったような顔をしている。

安積はばつが悪く、黙っていた。

その雰囲気を救ったのは須田だった。

「そういえば、チョウさん。昼間、桜井が電話をかけてきて、望月和人の事務所を調べてほしい、なんて言ってましたけど、まさか、会ってきたんじゃないでしょうね？」

「会ってきたよ。そのために訊いたんだ」

「へえ……。すごいなあ……」

「おい、須田」

さすがに安積はあきれて言った。「おまえさんだって会おうと思えば会えるんだ。そのポケットに入っている警察手帳のおかげでな。今日はたまたま自動車窃盗犯のほうに回ってもらっただけでな……」

「そうですね……」

須田がなぜか割り切れないような表情をした。安積はその理由がわからなかった。珍しいことだった。


翌日も、安積はベイエリア分署にではなく、三田署の捜査本部に出勤した。

村雨と桜井も同様だった。

桜井は安積より早く捜査本部に来ており、安積が現れると、茶を淹れて出した。

安積は桜井の袖を引っ張り、耳もとでそっと尋ねた。

「村雨に言われてやってるのか？」

桜井は苦笑した。

「考え過ぎですよ、係長。これくらい、誰に言われなくたってやりますよ」

考え過ぎ？　そうかもしれん。

「おまえだけがやることはないんだ。お茶くみは、若い連中みんなでやればいい」

「わかってます」

桜井がちょうど安積から離れたところに、村雨がやってきた。

彼は朝の挨拶を口のなかでつぶやくように言った。機嫌が悪く見える。

村雨はやせていて顔色が悪い。低血圧で朝には弱いのかもしれない。実を言うと、安積は部下からそういう類の話を聞いたことがない。

村雨は安積のとなりに腰を降ろした。桜井がそのむこうにすわっている。桜井が村雨に茶を淹れた。

村雨は礼も言わず、かすかにうなずいた。

桜井は何とも思っていないようだ。

安積は村雨に尋ねた。

「きのうはあれからどうなった？」

「なんか、こじれてきましてね……」

「こじれた？」

安積は、村雨と桜井の顔を交互に見た。

「ええ……。本庁（ホンブ）の相楽警部補が変わった指摘をしましてね……」

「何だ？」

「マル被は、七階から落とされたのではなくて、『七階から飛び出した――あるいは手すり越しに踏み出した』可能性がある、と言い出したのです」

「何でそんなことがわかったんだ？　彼らは現場を見てもいないんだぞ。まさか、飛び降りた瞬間を見ていたなんて言い出したんじゃないだろうな……？」

「『写真解析』ですよ、本庁の鑑識課にある……」

「『写真解析』……？」

「ええ……。何でも一枚の写真をコンピューター処理して……、ええと……座標を割り出して、位置関係や方向などを正確に表わしたり再現したりできるんだそうです」

「それで……?」

「その鑑識の『特殊写真係』で、今回の案件の写真類をさまざまに計測したんだそうです。すると、マル被の落ちた場所が、ただ落とされた場合よりも、外側にふくらんでいるというんですな……。つまり、放物線のカーブが違う、と……」

「だが、それでは監察医の所見とは食い違う……」

「そこなんですがね……。やっこさんたち、数字を持ち出すわけですよ。どっちの確率や精度がすぐれているか、ってね……。つまり、『写真解析』や『写真測定』は、今や精度三千分の一から五千分の一で画像を再現できるんだそうです。一方、監察医のほうは、そうはいきません。さまざまな兆候から起こった可能性を読み取るわけですが、まあ、本庁の例の警部補に言わせると、一般的に『物理的事実に対して化学的変化は精度においておとる』なんてことを言いましてね。私ら刑事なんて、物理だの化学だの、言われただけで逃げ腰ですからね……。なんか、こう……、煙に巻かれちゃった感じで……」

「……要するに、それだけの『科学的根拠』とやらを持ち出して、連中、何が言いたかったわけだ?」

「殺人と同時に、まだ自殺ということも考えていかなければならない、と……」

安積は押し黙った。

村雨の気分がすぐれないのもわかる気がした。

所轄と本庁が捜査において対立するなどというのは珍しいことだ。安積も、日常あまり経験しない。しかし、あの相楽と荻野のコンビが出て来るときは別だった。

本庁の捜査一課は、なんであんな刑事を飼っているのだろう。確かに頭は切れそうだ。だが、刑事の発想ではない。ああいう連中は、公安か警備部へでも転属させてしまえばい い——安積は考えた。公安や警備部というのは、警視庁においては出世コースなのだ。刑事部などに比べるべくもない。あのふたりにそれこそお似合いではないか……。

「自殺だって……。ばかな……」

「その点については、こっち側の拠所（よりどころ）である監察医の報告からも引用しているんです。つまり、マル被は、何とかいう薬を飲んでいたと……、ええと、何だっけな……」

「パモ酸ヒドロキシジン……」

桜井が補った。

「そいつです。つまりその薬は、アレルギー治療にも使われるけれど、精神安定剤でもあるわけです。やっこさんたちの言い分では、マル被は、おそらくノイローゼ状態だったのではないか、と……」

「それで捜査会議はひっくり返っちまったのか？」

「必死にもちこたえましたよ。こっちが聞き込んだことをもとに、仮定の動機をでっち上げましてね……」

「つまり、TNSテレビ内の権力闘争ということだな?」

「そのとおりです。根拠としては希薄なんですがね、今のところ、つっぱれる材料はそれしかなくって……」

「三田署の連中は?」

「報告はけさになるということで……。遅くまで聞き込みに歩いていたようです」

安積はうなずいた。

「……心配するな。こっちには、現場を見たり、直接話を聞いたりしたことの心証というのがある」

「その心証ですがね」

村雨が声を落とした。もともと、ひそひそと話していたのだが、一段とふたりは近づいた。「係長、ずばり言って、もう容疑者を絞ってるんじゃないですか?」

「ばかな……。まだ、たった一日聞き込みに回っただけだぞ……」

さらに言いかけたとき、相楽警部補と荻野部長刑事のコンビ、それに三田署の梅垣係長の三人が部屋に入ってきた。

安積は反射的に口をつぐんだ。

14

「昨夜、そちらの村雨くんから報告があった件だが」

　会議が始まるとまず、相楽警部補が発言した。「あらためて、安積係長のほうから説明していただけないかな？」

「なぜです？」

　安積は尋ねた。

「話によると、聞き込みで直接質問をしたのは安積さんだというじゃないか？　つまり、申し添えることとか、補足することがあるのではないかと考えましてね……」

　なめてもらっては困る。村雨はうちのエースだぞ。

「補足することは特にありません。村雨が説明したとおりです」

「そうか……」

　相楽警部補が言った。それ以上何を言われても安積は取り合わないつもりだった。

　仕事の上では村雨を信頼し切っているのだ。こういう場合、安積は、我ながらおとなげないと感じながらも断固、自分の署の人間の味方に回る。

　いつも通り、三田署の柳谷主任が議事進行役をつとめた。すぐに三田署の捜査員たちの報告が始まった。

柳谷と若い筒井刑事は再度、支配人の落合を訪ね話を聞いたということだった。

彼らは次のようなことを報告した。

当日、やはりパーティー会場以外のフロアは営業していなかった。

七階については、貸しスタジオは無人で鍵をかけてあった。事務所には電話番に常に二、三人がいるようにしていたが、事務所内にいると、七階の他の場所——例えばエレベーターホールや、スタジオ・ロビー、廊下などの様子はまったくわからないという。

事務所は壁で完全にそれらの場所から区切られている。窓口のようなものもない。ドアが二か所にあるだけだ。

スタジオ運営や、来客への受けこたえは、すべて、エレベーターを降りてすぐ脇にある受付のカウンターで行なうということだった。

平常時は、警備保障会社から派遣された受付嬢を置く予定だが、あの夜は、警備員がひとりいただけだったという。

その警備員に話を聞くとこういう状況だったということだ。

警備会社と株式会社アクロス開発との契約は、一週間まえから、となっており、警備員はすでに社員が入居してくるのに先がけて、あのビルを警備していたという。

すべての受付嬢は警備員と同じ会社から派遣されてくる。しかし、受付嬢の契約は警備員とは別立てで、彼女らが勤務につくのは平常営業が始まってからだ。

受付嬢の勤務時間は九時から六時で三交替制。その勤務時間以外は、警備員が交替で受付にすわることになっている。

　パーティー当時は、当然、警備員が一階と七階の受付にひとりずつすわっていた。

　しかし、七階の受付には来客があるはずもなく、いたって暇だった。電話番をしている事務所の社員に呼ばれ、茶を——実のところは多少の酒も含むが——飲みながら談笑していたという。

　むしろ、受付にすわっているより、事務所内で過ごしている時間のほうが長かったということだ。用があれば、客は大声を出して呼ぶか、事務所までやってくるだろうと思っていたのだ。

　アクロス開発の社員にも、「今夜は、その程度の気持ちで充分」と言われ、ついその気になったという。

「つまり……」

　筒井は言った。「七階はいつでも出入りできたし、七階にいた人々が侵入者に気づかない時間のほうが、むしろ長かったということになります」

　あちらこちらから嘆息の声がした。安積も同じ気分だ。目撃者の希望がきわめて少なくなったのだ。

　犯人は——あくまで、実行犯を意味するが——いつでも犯行現場へ行けたことになる。

　筒井は続けて語った。

「次に、招待者の件です。つまり、ベイエリア分署の安積係長からご指摘のあった点——

テレビ局のなかで、なぜTNSだけふたり招待をしたかということですが、落合氏によりますと、TNSには業界での知名度、実力ともに甲乙をつけがたいふたりのプロデューサーがいたからということになります。つまり、そのふたりがマル害の飯島氏と、安積警部補が指摘された大沼氏ということです。落合氏は招待者リストを作る際に、特にマスコミに関しては、一雑誌ひとり、一局ひとり、また芸能人については、一プロダクションひとりを原則としたそうです。TNSテレビについては迷いに迷い、当初は大沼さんだけを招いていたのですが、あとで飯島さんを急遽付け加えたということです」

「これで安積さんの疑問のひとつが消えたわけだ」

相楽警部補が言った。「TNSテレビだけふたりのプロデューサーが出席したことが、今の説明でうなずける」

何人かの刑事が賛同を意味するつぶやきを洩らしながらうなずいた。

安積は思った。いったい、何が明らかになったというんだ? 私にとっては謎が深まるばかりだ。どうも釈然としない。

彼は言った。

「落合氏は、それで、飯島氏を招待していいかどうか大沼氏に相談したというわけですね」

筒井が驚いた顔で安積を見た。

他にも同様にそうした刑事が何人かいた。

筒井が言った。

「どうしてそれを……」

今度は安積が驚く番だった。安積は思わず村雨に尋ねた。

「何だ、言ってなかったのか？」

村雨はうなずいた。それから小さな声で言った。「そいつは係長に言ってもらいたかったのですよ。そのほうが効果的ですからね……」

安積はこたえなかった。

筒井が言った。

「今、安積警部補が言われたことは、落合氏が申し述べております。つまり、飯島氏を招くかどうかについては、大沼氏と相談したのだ、と……」

筒井は安積のほうを向いた。安積はうなずいた。

「補足します。TNSテレビの大沼プロデューサーは事件の前の週に、落合氏と同席して酒を飲んでおります。場所は、かつて落合氏の勤務先だった西麻布の『ワイン・アンド・ローゼズ』という店。ちなみに、この店の経営は『スペース・セブン』と同じアクロス開発です。他に同席者はふたり、俳優の望月和人とジャズ歌手の内田聡美。先週の火曜日のことです。この点については、すでに村雨のほうから説明があったと思いますが——」

安積は村雨を見た。村雨はうなずいた。安積は続けた。「落合氏が大沼氏に対し、飯島氏を招待したいがかまわないだろうか、と相談したのはこの場でのことだということです。

この点については、大沼氏、そして同席者の望月和人が同じ発言をしており、今また、落合氏の確認が取れたということになります」

安積は淡々と話した。ほとんどの捜査員がメモを取っている。

「なるほど……」

相楽がむずかしい顔をした。「大沼氏は相談を受けたとき、どうしたのだろう?」

「『好きにすればいい』――本人によれば、そう言ったということです」

安積が言うと、筒井もうなずいて言った。「『もちろん気分がいいわけがないが、いちおう承諾してくれたので――』と、落合氏も述べています」

「つまり、承諾したということだ。それが事実だ」

相楽が言った。「他殺を主張する論拠は今のところ、大沼氏と被害者の間に大きな利害の対立があったということらしいが、今の話はむしろそれを打ち消すものじゃないのかね」

「そんなはずは……」

桜井が発言したので、一同は彼に注目した。安積も彼の横顔を見ていた。「そんなはずはありません。大沼氏が認めたという事実よりも、どういう気持ちであったかを考えるほうが、この場合重要だと思うのですが……」

「気持ち……? そんなもの誰が証明してくれる?」

荻野が桜井に言った。この本庁の部長刑事は、桜井のことをあまり快く思っていないようだ。

かつて高輪署にできた捜査本部で荻野巡査部長は桜井に初めて会った。そのときだが、荻野は桜井を怒鳴りつけたことがある。

荻野はさらに言った。

「おまえは、疎明資料にそんなことを書くのか？」

おまえ呼ばわりか？　安積は頭のなかが熱くなるのを感じた。

荻野が桜井を怒鳴りつけたときに、怒って安積が言い返した。それがそもそも、この対立の発端だったのかもしれない。

今、自分を抑えないと、もっとつまらんことになる――安積はそう思った。だが、怒りは急速に燃え上がっていく。

「書きますよ」

そのときさっぱりと言ってのけたのは村雨だった。「必要なことです。犯罪というのは人間の感情や思惑が引き起こすものでしょう。人々の感情を推し測ることもわれわれ捜査員の仕事のひとつでしょう」

荻野は黙った。

よく言ってくれた。安積は思った。彼は村雨が後輩をかばうのを初めて見た。

自分が見ていないところでは、けっこうやっていることなのかもしれない――安積は思った。

「言いたいことはよくわかった」

相楽が言った。「その感情的な部分が、他殺説の根拠というわけだね？　よろしい。私は客観的な事実の積み上げを重視したい。どうかね？　自殺他殺、両方の方針を持って捜査を進めては？」

「いたしかたないでしょうな……」

それまで黙っていた三田署の梅垣係長が言った。

「しかし、双方の捜査方針に同数を割くというようなことはできません。あくまでもこの捜査本部は殺人事件の捜査本部として設置されたのです。したがって、基本的には殺人事件としての捜査方針を貫きます。そこへ、自殺説をとなえるに値する論拠が提示された。したがって、その方向での捜査もある程度認めると――そういうことでいかがでしょうかな？」

相楽はむずかしい顔でうなずいた。

ほかには異議をとなえる者はいない。

三田署の刑事の報告が続いた。周辺の目撃者探しは今のところ空振りに終わっていた。

もうひとつの重要なポイント――飯島典夫のパーティー中の動きの追跡調査だが、まだまだ鮮明に浮かび上がるまでには遠い道のりだった。

パーティーの主催者側と出席者の、とぎれとぎれの記憶をつないでいかなければならないのだ。

確実なのは、午後七時十五分にはまだ会場内にいて、七時五十三分にはすでに死んでいたということだけだ。

犯行はこの約三十五分のうちに行なわれたのだ。

この約三十五分という時間は、捜査が進むにつれて短くなっていくだろう。

七時五十三分というのは、アベックが死体を発見し、一一〇番通報をした時間だから、現時点でも五分、あるいは十分ほど短縮されるかもしれない。

いずれにしろ、この約三十分間に、パーティー会場を抜け出した者が一番怪しい――安積はそう考えていた。

しかし、外部から侵入した者が犯人という可能性もなくなったとはいえない。

確かに建物内部にはチェックが厳しくて入り込めなかったかもしれない。しかし、非常階段を上っていけば、七階までたどりつくことは容易なのだ。

問題は、飯島典夫がなぜ七階の非常階段まで行ったか、だった。

分担は、それぞれ昨日の続き、ということになり、捜査員たちは出かけていった。

安積、村雨、桜井はマークIIに乗った。

駐車場を出たところで気になり、ついに安積は言った。

「品川あたりで降ろしてくれ。バスで署に戻るから……」

「何か問題でも……」

村雨が尋ねた。

「いや……。今のところはない。だが、例の自動車窃盗のほうも気になってね……」

村雨はうなずいた。それきり何も言わない。今日一日どういう手順で動くか——その点については、安積は村雨にまかせることにしていた。

村雨もそのつもりのようだ。

安積は品川でマークIIを降り、駅東口からバスに乗った。

ベイエリア分署に戻りついたとき、雨が降り始めた。


黒木が書類を作りながら電話番をしていた。課長は部屋のなかにいる。

「須田と大橋は?」

出入口で尋ねたら、黒木が即座に顔を上げ、こたえた。

「取調室です」

それ以上何も言わない。余計なことを言わないのがこの男のいいところだ。だが少し淋しい気もする——安積は思った。

安積は席に戻って、尋ねた。

「うまくいっているのか?」

「わかりません。朝一番に始めて、まだ一度も出て来ません」

安積は時計を見た。十時三十分になろうとしている。

安積は椅子があたたまる間もなく立ち上がった。

「ちょっと様子を見てくる」

「はい」

黒木はそれだけ言って、眼を書類に戻した。

取調室は公廨の向かい側——給湯室や手洗いと並んでいる。須田は三つある取調室のうち、中央を使っていた。

なかなか堂々としているじゃないか——安積は心のなかでほくそえんだ。

ドアを開けたとたん、妙な雰囲気に気づいた。

須田を除く全員が、きょとんとした表情をしているように見える。

「あ、チョウさん……」

須田が出入口のほうに顔を向け、驚いた顔で言った。

「どうだ？」

「ええ……。それが、まだ……」

「のぞいてかまわないか？」

「もちろんですよ、どうぞ……」

安積は部屋に入った。彼は壁に背をあてて立っていた。容疑者の顔の見える位置だ。無言の圧力をかけることができる場所だ。

それにしても——安積は思った。さっきの一瞬、あれはいったい何だったのだろう。

部屋のなかには安積を除いてふたりの刑事と、記録係の制服警官、そして容疑者がいる。

容疑者は二十歳を過ぎたばかりだ。大橋の報告書によると二十一歳の無職だ。名は猪口（いぐち）春男（はるお）。

絶えず不満げに口をゆがめている。猜疑心に凝り固まった眼をして、まともに人の顔を見ようとしない。

取調用の椅子にはすにすわり、足を組んでいる。

典型的な小物の態度だ。深謀遠慮が足りない。つっぱって得になることなどひとつもないのに……。

体格はきわめていい。喧嘩には強いのだろう。髪は短く刈っている。暴力団の下部組織と付き合いがあるからだろう。

須田が取調べを再開した。

「今も言ったとおり、あなたにも被疑者としての権利があります。取調べの目的は自白を得ることのように思われていますが、それはまったくの間違いなのです。自白の強要――つまり無理やりしゃべらせることですね――これは憲法第三十八条の一項によってはっきりと禁止されています。取調べの目的というのは、あくまでも被疑者の自発的な主張を聞き、弁解を求めるものでなければならないと日本弁護士連合会では言っています」

安積は唖然（あぜん）とせざるを得なかった。

今、須田がしゃべっていることはタブーだ。そして、たいていの刑事がやっていることに反している。

刑事は取調べで自白を得ようとする。それを捜査資料の決め手にするのだ。そのためには、暴力を使うことも珍しくはない。

髪を引っ張る。腹を蹴る。武道場に連れ出して複数の警官で殴る蹴るの暴力を加える。そして、顔のはれや体のあざが消えるまで、留置場に放り込んでおくのだ。

どこの警察でもやっている。被疑者の権利をまともに考える刑事などいないのではないか――それを考えると安積は気分が暗くなるのだった。

警察官は自分も被疑者になり得るということを考えもしない。

さきほど部屋に入ったとき感じた妙な雰囲気は、この須田の発言によるものだったのだ。

須田は容疑者の猪口春男を、一人前の人権を持った個人として扱っていた。猪口は明らかにとまどっていた。

他の刑事が相手なら猪口も、「乗せられてたまるか」くらいにしか思わなかったかもしれない。須田は特別だ。本気でそう思っている強みがある。

須田が言った。

「さあ、あなたの言い分を聞きましょう……」

容疑者の猪口春男は、暴走族のリーダー格だっただけあって若いくせに場数を踏んでいるようだ。

その猪口が、明らかに動転している。彼は須田が弁護士であるかのような錯覚を起こしたのかもしれない。

もちろん須田は意図してやったのではないだろう。しかし、猪口は、警察の取調べというのは即逃げ場のない暴力——つまり拷問だと思い込んでいたのだろう。経験があるに違いない。

須田の言葉はそんな彼の心理的なバランスを突き崩したのだ。

ついに猪口が口を開いた。

「最初は、いい金になるからと言われて……」

ぽつりと言って、彼は正面を向いてすわり直した。「そのうち、知らないうちに俺名義のモーターショップができて……。その借金を返すために、続けて車を盗むはめに……」

安積は心底驚いていた。

15

猪口春男は、自動車窃盗組織のうしろにいるのは、関東系広域暴力団傘下の金田組だという供述をした。供述書に拇印も押した。

もうひとりの容疑者は猪口春男の弟分で、名は坂田武彦といった。

彼は、猪口がしゃべったと告げると、すぐにそれらの事実を認めた。

金田組は、新宿区の西大久保に居を構えている。マンションの一室を事務所にしているのだ。所帯はきわめて小さいが、海外に顔が利くので有名だ。フィリピン、タイ、台湾などから、大量に不正労働者を日本に連れ込み、売春の斡旋（あっせん）などをしている。

盗難車はおそらく、そのルートを通じて国外にさばかれているのだろう。

安積は新宿署のマル暴に電話した。おそろしくドスの利いた声が出た。安積はその刑事をよく知っていた。新宿署マル暴の主任刑事だ。名前は柴岡達広（しばおかたつひろ）。四十五歳の巡査部長だ。

赤ら顔で眼がすわっている。その底光りする眼はやくざと見分けがつかない。角刈りでいつも黒っぽい背広を着ているところもまるでやくざのようだ。

ただ、哀（かな）しいかな刑事の給料では本物のロレックスやカルティエを身につけるわけにはいかない。その点だけがおおいに違っている。

「湾岸の安積さんか」

柴岡主任は親しげに言った。「いい話なら乗るぜ」

安積は金田組と自動車窃盗組織のつながりを話した。

「うちではな……」

柴岡が言う。「売春、入国管理法、その他もろもろ取りそろえてチャンスを待ってたんだ。その自動車の窃盗っていうのは決定打になるな……」

「資料を送る」

「裁判所へ行って捜査令状取って来させよう。頃合（ころあ）いを見てウチコミをかける」

ウチコミというのはガサイレとも言う。家宅捜索のことだ。「手ェ貸してくれるだろうな?」

「自動車窃盗に関してはうちの案件だ。当然誰かを行かせるよ」

「あんたが来いよ、安積さん。久し振りに会いたい」

「考えておくよ。日時が決まったら知らせてくれ」

安積は電話を切ると、須田に命じた。

「新宿署マル暴の柴岡主任と連絡を密に取ってくれ」

「わかりました」

大橋がまだ驚きの眼で須田を見ている。安積も同感だった。

「あのひねくれたやつをよく落としたな」

「チョウさん、俺、何もやってませんよ。いつも思ってることを言っただけですよ」

そうかもしれない――安積は思った。しかし、そうでないかもしれない。こいつだけはわからない。須田だけは……。

安積は通信室に内線電話をかけて、臨海30を呼び出すようにたのんだ。

こたえがないということだった。村雨たちは車を離れている。

安積は、あまり好みではないが、桜井のポケットベルを鳴らした。ポケットベルは犬の鎖だ。尋問をしている最中、ポケットのなかで間の抜けた音を立てる図を想像すると、安積はぞっとした。

三分後に桜井から電話があった。

「今どこにいる?」

安積は尋ねた。

「六本木のFETテレビです。まずジャズ・ボーカルの内田聡美の自宅へ行き、そのあとは、パーティー出席者のリストのなかから、被害者と縁の深そうな人の聞き込みに回っています。ここが三か所目です」

「近くに、待ち合わせに便利な場所はあるか?」

「全日空ホテルがあります」

「よし、私はこれからそちらと合流する。全日空ホテルのロビーで落ち合おう」

もうじき正午だった。

昼食は食いっぱぐれるかもしれんな――安積はそう思いながら外出の用意をした。

ふと思い付きで彼は言った。

「須田。きょうはちょっと俺に付き合ってくれないか?」

「いいですよ、チョウさん」

彼は、なぜかうれしそうな顔をした。いや、これは、須田の単なる愛想笑いなのだ。

安積は内階段に向かった。滅多にやらないことだが、彼は須田と話をする時間がほしかったので、交通課にパトカーを一台都合してもらった。

パトカーの後部座席で、安積は、パーティー殺人事件捜査本部でのいきさつをすべて須田に話した。

須田は、例の小学生が秘密を共有するときのような妙に生真面目な表情で安積を見つめている。

「さあ、おまえのコンピューターにすべてぶち込んでみてくれ」

「チョウさん。ここにコンピューターの端末なんてありませんよ。それにコンピューターは魔法の箱じゃないんです。データを管理するのに便利なだけで……」

「……俺の言ったコンピューターってのは、おまえさんの頭のことだよ」

「俺、そんなに頭良かないですよ」

須田は本当に照れているようだった。

この男が刑事を続けていられるのは奇跡だと安積は思った。その奇跡を起こし続けているのは間違いなく彼の頭脳なのだ。

それに気づいている人間は少ない。

「まず、本庁の相楽警部補の言い分だが、どう思う?」

「ちょっと聞くとばかばかしいですがね……。でもあながち否定はできません。本庁の『特殊写真係』が作り出したプログラムは、本当にたいしたものだと聞いています。そいつで導き出したこたえなら、何かの真実を含んでいるはずですよ」

「しかし、首の跡はどう説明する?」

「だからね、チョウさん。自殺だと決めつけるのが間違いなんですよ。まっすぐ落とされたのと放物線のカーブが違ってただけでしょう？　つまり、水平方向のベクトル成分が大きいということで……」

「わかりやすく言ってくれよ」

「まっすぐ落とされたんではなく、水平方向にちょっと力が加わっているということは真実なのだと思いますよ。それを、『本人が踏み出した』と結論づけたのが本庁の相楽さんですよね」

「そうか……。まあ、いい。自殺というのは考えにくいが、確かに、まっすぐに落とされたのではない、と……。それがいったい何を物語っているんだ？」

「さあ……」

須田は困った顔をした。

「では、被害者が精神安定剤を飲んでいた、というのは？」

「その薬がどういった性質のものか、もっとよく調べる必要がありますね。本人が自分の意志で飲んだのかどうかもわかりませんし……」

「パーティー会場でなら、例えば飲み物に混入できるかもしれない……？」

「そうですね」

「そこまでは、私の考えと同じだ」

「やだな……。テストされてるみたいだ」

「逆だよ、私が自分の考えをテストしているんだ。次に、これがひっかかるんだが、どうして実行犯は、絞め殺したのにわざわざ死体を七階から放り出したりしたんだ？」

「理由はいくつか考えられますよ。まず、確実に殺したかった。絞殺したつもりでも、息を吹き返すこともありますからね……。そして、本当の殺人の現場と事件の現場の距離を置きたかった……。人が高いところから落ちれば、当然、落ちた場所が事件の現場となりますからね。まず騒ぎはそこで起こる。警察もそこに駆けつける。野次馬も、です。そして、建物の上に昇ってくるまでにはしばらくかかります。何階から落ちたかを特定するには鑑識その他の報告を待たなけりゃならないでしょ……」

須田は汗をかき始めていた。それだけ一所懸命にしゃべっているのだ。

「ほかには……？」

「心理学的な面から見ますとね……。まず犯人は、最初、被害者を突き落として自殺に見せかけるつもりだった……。でも、何かトラブルが起きて首を絞めて殺さざるを得なくなった……。そのときはもう首に跡が残るなんてことはまるっきり頭にないんですね。一刻も早く始末をつけちまおうと……。それでそのまま落としちまった……。こいつが最も可能性がありますね……」

「前者の場合――つまり、本当の殺人現場と事件の現場を分ける計画だとすれば、犯人はけっこう捜査のことも知っているし、かなり頭を使っていることになる。一方、後者の場合――おまえさんの言いかたからすりゃまったくの不手際だ……」

「それが、起こってみれば、結果として同じことになるんですからね……。不思議なもんです」

「ズバリ言って、犯人はどこにいるかな……？」

「チョウさん。もう気づいているんでしょう？」

村雨が同じようなことを言っていた。不思議に思って安積は尋ねた。

「買いかぶりだぞ。なぜそう思うんだ？」

「だって、誰が聞いたってチョウさんが聞き出してきたことが今のところ最も重要ですよ。社内コンペ。それにまつわる利害関係。そして局次長の椅子。局次長の椅子ってのはああいう世界では、ただの昇進じゃないですよね。即、権力に結びつきますからね……」

言われて気がつくということがよくある。安積は、今はっきりと意識した。

初めて会ったときから大沼章悟を疑っていたのだ。

「どういうふうに捜査を進めたらいいと思う？」

「本当にテストみたいだな」

須田はうれしそうに笑った。「そんなの決まってますよ。ふたつの企画が対立していた。それぞれの企画が番組として決まったときに、誰がどのくらい得をして、誰がどういう損害を受けるのか——鍵はそこにありますね」

「同感だ」

車が全日空ホテルに着いた。

安積は村雨と桜井に、須田と話し合ったことをできるだけ簡潔に、しかも、正確に伝えた。

村雨は無表情にうなずいた。

「私もそう思っていたんです……」

「TNSテレビへ行こう。ふたつの番組企画について詳しく尋ねるんだ」

四人はマークIIに乗り込んだ。桜井が運転し、安積は習慣で助手席に乗った。ふたりの部長刑事がうしろの座席に並んでいる。

TNSテレビの脇に、マークIIを路上駐車して、村雨と桜井を調べに行かせた。安積と須田は車のなかに残った。

もう例の陰気くさい駐車場の係員に会いたくはなかった。

雨は降るでもなく止むでもなく、じっとりと大気を湿らせている。

安積は、フロントガラスにたまっていく細かな雨粒をぼんやり眺めていた。

不意に娘の涼子との約束のことを思い出した。今夜の八時だ。行けるだろうか？

行ってやれそうにないような気がしてきた。同時に、村雨たちが持ち帰ってきたものを見聞きしても、捜査はいっこうに進展しないかもしれないという気がしてきた。

犯人像がかすんでいく。大沼プロデューサーに対する心証がゆらぐ。

無力感にさいなまれ始めた。この安積という中年男はもうくたびれているのかもしれんぞ――彼は心のなかでひとりごとを言った。

そのとき、須田が無邪気な声を上げた。

「あ、三奈美薫だ」

彼はティーンエイジャーのように、サイドウインドウにへばりついた。「俺のこと覚えてくれないかなあ……」

「諦めろよ」

安積は言った。「刑事なんてものは、すぐに忘れられちまうんだ」

「どうしてです?」

「皆から一刻も早く忘れたいと思われるような仕事だからさ」

少しの間。

「そうかもしれませんね」

選(よ)りに選って須田を相手にいやなことを言ってしまった――安積は後悔した。

安積も、車のそばを通り過ぎてテレビ局へ向かう三奈美薫を見た。

目も口も小づくりで上品な顔立ちだ。髪が長い。色がはかなげなくらいに白い。化粧はしていないように見えた。

須田がつぶやくように言った。

「彼女、この事件と無関係だといいなあ……」

安積はなぜか、どきりとした。

ひょっとしたら今、私は須田と同じことを考えていたのかもしれない——安積はそう思った。

村雨がしかめ面をして戻ってきた。そのうしろに桜井がいる。

村雨の顔は雨のせいだろう。仕事の内容で気分を顔に表わすような男ではない。

車に乗り込むと、村雨はさっそく報告を始めた。

「スポンサーや代理店関係については、後ほど詳しく報告します。肝腎なのは、人間、つまり、キャスティングではないかと思いますので」

安積はうなずいた。

「——大沼章悟プロデューサーの企画、プロ野球のセミ・ドキュメンタリー・ドラマですが……。主役には望月和人を計画していたようですね……。今のところ社外秘ということですが、もちろん望月本人は知っていたでしょうね」

安積は、さきほどまでの無力感が薄らいでいくのを感じていた。この中年男は、まだやれそうだぞ——。

「一方、飯島プロデューサーの企画、源義経もののほうですが、主役は初見幸雄という、今売れっ子の俳優ですが、ヒロイン役に、三奈美薫を起用しようと計画し、内々に打診していたそうです」

安積はそっと須田と顔を見合わせた。

村雨はかまわず先を続けた。

「ついでに、飯島プロデューサーと大沼プロデューサーの局内での評判をそれとなく探ってみたのですがね……。雲泥の差という感がありますね」

それとなく探る、か……。なかなかできない芸当だ。プロの手腕だ——安積は思った。

「雲泥の差……？」

「まず亡くなった飯島プロデューサーを悪く言う人はいませんね。出る杭は打たれるで、やり手の人は反感を買いがちですが、飯島プロデューサーはよほど人柄がよかったと見えます。

……で、一方の大沼プロデューサーですが、こちらは、視聴率のためには手段を選ばないとか、人を人とも思わない、とか、スタッフはみんな自分の出世のための道具だとか、あまりいい言いかたはされないんです」

「まあ、死んだ人を悪く言ったりすると寝覚めが悪かろうからな」

「印象としてはそれ以上ですね。はっきり言えば、飯島プロデューサーは皆に好かれていたし、大沼プロデューサーは嫌われている……」

安積はうなずいた。

憎まれっ子、世にはばかる、か……。それにしても……。

貴重な時間を無駄にしたくなかった。

捜査員が四つも雁首（がんくび）をそろえて同じ場所へ行く必要はない。安積は二手に分けることにした。

「村雨。おまえさんは、桜井といっしょに、リストの人々の聞き込みを続けてくれ。特に、大沼、望月、そして三奈美薫関係の情報に注意するんだ。大沼と飯島ふたりの評判とやらも気になる。たのむぞ」

「わかりました」

「このマークIIは使っていい」

安積と須田が車を降りた。

須田が首をすくめるようにして安積の顔を見ている。雨がその髪を濡らし始めている。

「これからどうするんです、チョウさん」

「TNSテレビにまだ用がある。大沼プロデューサーにもう一度話を聞きたい。そして――」

安積は須田の顔をちらりと一瞥した。「三奈美薫にも話を聞かねばならないだろう」

「本当ですか？」

須田は安積が想像したとおりの反応を示した。うれしそうに笑顔を見せたのだ。

今日のおまえには、それくらいの楽しみを与えられる権利がある――安積は思った。

村雨に対してはそういう気持ちになるだろうか？　安積はふと思って、すぐに考えるのをやめた。

安積はTNSテレビの玄関に向かって歩き始めた。須田があわててあとを追った。別にあわてる必要もないのだが、須田の行動はいつもあたふたしているように見える。

安積は受付で、吉谷広報室長に面会を申し込んだ。

こちらがフェアに出ていれば、クレームをつけられても申し開きの余地がある。

16

「これでも報道の連中を必死で抑えてるんですよ」

吉谷広報室長は言った。恩着せがましい言いかただった。

「それはどうも……」

安積はこたえた。ふたりの刑事は人目につかない広報室長の部屋に案内されていた。

吉谷専用の小部屋だ。両袖の机があり、大きな本棚がある。棚にはマスコミの専門誌やテレビ番組情報誌、そして広報関係のチラシやパンフレットの類が載っている。

「これ以上、大沼に何の用があるというのですか？」

「実は、番組企画について本人からお話をうかがいたいのです」

「事件と何の関係があるのです？」

「それは申し上げられません」

「少しはオイシイところをいただきたいですな、これだけ協力してるんですから」

吉谷は内線電話をかけながら言った。

「オイシイところ?」

「報道の連中に独占取材をさせてくれるとか……、他局にない情報をくれるとか……」

この世界の人間は、取り引きに慣れ切ってしまっている。安積は不快なものを感じた。

「おたくの局内の事件です。考えておきましょう」

電話がつながった。そのせいで、吉谷は安積の言葉の意味を深く考えなかった。安積は、はっきりと『局内の事件』と言ったのだ。

「広報室の吉谷だ。大沼ちゃん、いるか?……来客中? 誰?……あ、そう。ちょっと呼び出してよ」

しばらく待っていた。

「吉谷だ。刑事さんが来てるんだ……。何?……断われないよ。そっちへ行ってもいいかな?……たのむよ……。わかった。十分後だな……」

電話を切った。「今、出演者と打ち合わせの最中でしてね……」

「ほう……」

安積は好奇心を覚えた。「例のプロ野球ドラマの出演者ですか」

「そうですよ。大沼くんはね、そのドラマのおかげで超過密スケジュールなんですよ」

「どなたです? その出演者というのは」

「三奈美薫ですよ」

安積はそっと須田を見た。妙な顔をして、吉谷に警戒されはしないかと心配になったのだ。

須田はうまく切り抜けてくれた。彼はずっと難しい顔をし続けている。特に態度は変えなかった。

「好都合ですね」

安積は言った。「次に、三奈美薫を探し出してもらおうと思っていたんです。この局内にいるのはわかっていましたから……」

「なぜです？」

「飯島さんの企画のほうのヒロインが予定されていたのでしょう？」

「ええ……、まあ……」

「それにしても、飯島さんの企画のヒロインが、なぜ大沼さんと打ち合わせを……？」

「さあね……」

吉谷は言った。「でも、制作局あるいはこのテレビ局と三奈美薫の関係を考えると、大沼くんの考えもわかりますよ。彼女売れっ子ですからね。事務所の機嫌もそこねたくない……。飯島さんがああいうことになったから話はなかったことにしてくれ、じゃ、事務所だって怒りますからね。……大沼が三奈美薫の出演については尻ぬぐいをしたってことになりますかな……」

それだけだろうか？　安積はすっきりしない印象を受けた。

吉谷は腕時計を見た。

「さ、三奈美薫にも会いたいのなら、早目に制作のほうへ行きましょう」

制作局は四階にあり、広報室のひとつ上だった。

五つないし六つの机が固まって広いフロアのほうぼうに島を形作っている。

安積はその場の雰囲気にすぐに親しみを覚えた。安堵感すら感じた。なぜかはすぐにわかった。

署の公廨の雰囲気に似ているのだ。煙草の吸いがらの山、疲れた男の体臭と表情。鳴り続ける電話。活気はあるが、皆疲れている。

ただ、酔漢や浮浪者などがまき散らす悪臭がないだけましだった。

島ごとに番組名の札が掲示されている。

大沼プロデューサーは特番のために、ひとつの会議室を占領しているということだった。

これも、難事件のたびに特別捜査本部を設ける警察のやりかたに似ている、と安積は思った。

吉谷広報室長が、その会議室のドアをノックして開けた。

スタッフたちが何か作業をしていた。

吉谷は大沼の所在を尋ねた。大沼と三奈美薫は別の小会議室でまだ打ち合わせをしているという。

安積たちは待つことにした。

十分後、大沼一行が現れた。大沼章悟プロデューサー、髪が薄く背が高いスーツ姿の男、三奈美薫、若い男――この四人だ。

吉谷によると、髪が薄い男は制作局長で、若い男は三奈美薫のマネージャーだということだった。

安積は大沼に近づいていった。すぐうしろに須田がついてきた。

大沼は安積を見て不愉快そうな顔をした。安積は慣れている。この程度のことは何とも思わない。

「お忙しいことと思いますが――」

安積が言った。「もう一度、お話をうかがいたくてやってきました」

「しょうがねえな……」

大沼はつぶやいた。

「それじゃ、われわれはこれで……」

三奈美薫のマネージャーが言った。

「あなたがたにもお話があるのです」

安積が言うと、マネージャーは、敵意のこもった眼で安積を見た。頭の上から爪の先まで睨み回す。

「何ですか、あなたは……」

口調は丁寧だが、血の気が多いタイプだとすぐわかる。もっと言えば、単純で頭の回転はいいほうではない。その代わりに、義理固いタイプで、行動力もある。

安積は一瞬のうちに、相手をそう分析していた。

「警視庁臨海署の安積といいます。こちらは須田……」

マネージャーの眼から敵意が消えた。明らかな不安が見て取れた。恐怖といってよかった。

安積はそれを見逃さなかった。この男は何をおびえているのだろう? 警察と聞いて過剰に反応する人がいる。彼もそのひとりかもしれない。そういう人々は、過去に警察と関わったことがある場合が多い。

彼もそういった人々のひとりなのだろうか? それとも、おびえなければならない理由が別にあるのだろうか?

「警察の人が何か……?」

彼は毅然(きぜん)とした態度で言った。

虚勢だ、と安積は感じた。

「飯島プロデューサーのことはご存じですね?」

「ええ……。お気の毒なことだと思います」

「そのための捜査なのです。ご協力いただければありがたいのですが……」

マネージャーは、三奈美薫のほうを見た。

「あたしはかまいません」

堂々としている。確か二十二歳といっていたな――安積は思った。娘と二歳しか違わない。娘も外ではこれほどしっかりしているのだろうか?

「早くしてくれないか。あとがつかえてるんだ」

大沼プロデューサーが言った。迷惑千万(せんばん)という顔は変わらない。

「須田。三奈美さんのほうをたのむ」

「わかりました」

須田は無表情だった。演技をしている。プロとしての演技だ。

大沼プロデューサーと安積は、今まで打ち合わせをしていた小部屋へ入った。

須田は、大部屋のすみに応接セットがあるのを見つけ、三奈美薫とマネージャーを連れていった。

吉谷がいっしょに来ようとしたので、安積は言った。

「申しわけありません。ふたりにしていただけませんか」

吉谷はさからわなかった。部屋に入るとき、吉谷と制作局長が小声で何かやり合っているのが聞こえた。安積はドアを閉めた。

「俺が何をしたってんだ」

大沼が立ったままで安積に言った。強い口調ではないが、ひどくいら立っているのがわかった。

「そんなことは言ってません。ただ、詳しくお話を聞きたかったのです」

「何の話だ?」

「春の特別番組の企画についてです」

「何だってそんな話を……?」

これ以上、相手に質問を許す気はない。

「あなたは、昨日、役者には旬があると言われた。覚えてますね。そして、望月和人はもう旬を過ぎた役者だとあなたは言われた。だが、あなたは今回の大切な企画で主役に望月和人を起用しようとなさっている。なぜです?」

「いい役者だからだ」

「いい役者? そういう判断で配役を決めるんですか?」

「もちろん、レギュラーのドラマなら、そんなことはしない。こいつは特番なんだ。確かに望月は旬を過ぎた役者だ。だが、今回の俺の企画の主役としてもってこいだと俺は思った」

大沼は椅子に勝手に腰かけた。「いいかい。役者にゃ、ハマるということがある。役にハマり、ドラマの雰囲気にハマる——そうすると化けるんだよ。化けるってのは、この業界で、とんでもない大ヒットを出すことを言うんだがね……」

安積は大沼の態度を観察していた。時には話の内容よりも、相手の態度やしぐさのほうが重要なことがある。

「確かスポーツ記者が主人公ということでしたね」

「そう。いいドラマができる自信がある」

大沼は身を乗り出した。

彼は今、しゃべろうとしている。こういうとき、絶対にその流れを止めてはいけない。

「企画を思いついたときから、ヒットの予感があった。スタッフに話したら、誰もが興味を示した。代理店も乗り気だった。こいつはドラマによるプロ野球史の総決算だ。野球は筋書きのないドラマだと言われている。その数々の名場面、感動の場面をちりばめていくんだ。一方で、それらの事実を思い出として持ち、また、現実にその場に立ち会うスポーツ記者たちの姿を描く。主人公はそういうスポーツ記者のひとりだ。彼は仕事にも人生にも疲れているが、やがてスポーツ記者としての喜びに目覚めていく……」

一気にそこまでしゃべって、大沼は、ふと覚めたように、口をつぐんだ。

安積は辛抱強く黙っていた。

大沼はまた口を開いた。

「誰だってこの企画にゃ大乗りだったんだ。俺は何がなんでもこの企画を通そうと思った。そう。何が何でもだ、邪魔するやつは、みんな蹴落とすつもりでいた」

大沼は安積のほうを見た。「そうだ。誰にも邪魔されたくなかったんだよ」

安積はまっすぐ大沼を見返した。大沼は眼をそらそうとしなかった。安積がうなずくとようやく大沼は安積の顔から視線をはずした。

「三奈美薫さんとはどういう打ち合わせで……?」

「当然、特別ドラマに主演してもらおうと思ってな……。その正式な依頼をしたんだよ」

「ほう……。三奈美さんは、飯島さんの企画のほうでヒロインに予定されていたそうですね？」

大沼は、即座に安積の顔を見た。

「だから何だというんだ……」

安積は何も言わなかった。今の大沼のしぐさと言葉は過剰反応かもしれない。

安積は無言で見つめていた。

大沼は安積を見返して言った。

「ドラマに華は必要だ。俺も三奈美薫を使いたいと考えていた。彼女は、今では貴重な存在だ。テレビではほとんど仕事をせず、ホンペン専門だ。ホンペン役者でこれだけ人気が出るってのは最近では珍しいんだ。それだけテレビ界では稀少価値があるんだ。来年一年間NHKの大河ドラマが決まってるし、まだまだ人気が出る要素がある。オイシイ女優なんだよ」

「ホンペン……？」

「ああ……。劇場映画のことをそう言うんだよ」

「なるほど……」

「いいか。あんたがた警察が邪推でもって、この俺をおとしめようとしてもだめだ。俺の企画にはごまんと支持者がいるんだ。俺はこのドラマを絶対に成功させてみせる」

「そうでしょうね……」

「このドラマのために俺は何でもするつもりだ」

「これくらいの大きな企画が決まると、失礼ですが、あなた自身はどの程度の利益にありつけるわけですか？」

「いろいろと勘ぐってくれるじゃないか……。正直に言うとな、しばらくはやりたい放題よ。制作費浮かして大名遊びだってできる。プロダクションの接待はある。代理店が、スポンサーとの打ち合わせと称して高級クラブをセッティングする。女を用意することもある。金が動くときもある。貴金属を贈られたりする」

彼はやけになってはいないだろうか？　安積は冷静に観察した。口調が自嘲じみていた。

「時代劇でよくあるだろう。欲深の代官や奉行にわいろを贈る回船問屋――あれは、そのまま、テレビ局のプロデューサーとプロダクションの関係なんだよ」

「はっきり言うもんですね……」

「隠したってしょうがない。だがな。そんなものはほんの一時の出来事だ。時は移る。そんなことは問題じゃないんだ。俺たちにとっていいドラマを作るというのは、そういうことではないんだ……」

大沼は視線を落とした。

「この特番の成功いかんによっては、制作局次長の椅子が手に入る、という噂ですが……」

「ふん。いろいろと取りそろえて、この俺を人殺しにでもするつもりか……。俺は現場の人間だ。現場が好きだ。局次長の椅子などほしいものか……」

　この男は嘘をついていないだろうか？　安積はその兆候を探した。わからない。大沼が巧妙なのか？　それとも嘘はついていないのか……？

　大沼は言った。

「だいたい、飯島さんが死んだとき、俺はパーティー会場にいたんだ」

「それは――」

　安積はわずかに眉を寄せた。「そいつは確かなんでしょうね……？」

「もちろんだ。あの日、俺はパーティーが始まってから終わるまで会場から一歩も出なかった」

「手洗いにも行かなかった……？」

「行かなかった。きっと、会場にいた誰もがそれを証明してくれるだろう」

　なるほど――安積は思った。そいつが、あんたの切り札か……。

　TNSテレビを出てから遅い昼食をとった。喫茶店に入り、須田はスパゲティー、安積はサンドイッチとコーヒーを注文した。

　安積は、須田がずっと難しい顔をして黙りこくっているのが気になっていた。何かをしきりに考えているのだ。

安積は近くの席に人がいないのを幸いに切り出した。

「大沼プロデューサーは、パーティーが始まってから終わるまで会場を出ていないそうだ。裏は取っていないが、おそらく本当のことだろう」

「そうですか……」

「三奈美薫がどうかしたのか？」

「まいっちゃいますね。色が透きとおるように白くって、髪は長くてつやつや……。目は小さいけど、白眼のところが青いんです……」

安積は黙ってサンドイッチを頬張った。うまいとは感じなかった。ただ義務として食べているような気分だった。

須田は続けた。

「あんな娘と毎日いっしょにいるんだもの、いくらマネージャーだって心は動きますよね……」

安積は思わず須田の顔を見つめていた。

「……何だって……？」

「間違いありませんね。あのマネージャー、三奈美薫に惚れてますよ」

「だが、あの世界はそういうの、御法度なんだろう？」

「御法度だろうがタブーだろうが、惚れるときは惚れますよ。チョウさんには妙に頭の固いところがあるから……」

「おまえに言われるとは思わなかったな……」

「三奈美薫のほうが、どちらかというと一枚上手(うわて)でしてね……。彼女は仕事が好きなんです。ですから、今のところ、マネージャーが一方的にお熱といった感じですね」

いったいどういう尋問をすれば、こういう心証が得られるのだろう？　安積は本当に不思議だった。

しかし、彼は須田を疑っていなかった。

この男は私よりはるかに人間というものに興味を持っている――安積は思った。

「……で？　何が言いたい？」

「あのマネージャー――名前は佐々木洋一(ささきよういち)、年は三十四歳なんですがね――三奈美薫のためなら何だってやっちまうんじゃないかという気がしましたね」

「ほう……」

「そして、三奈美薫が言うには、パーティーの間、マネージャーの佐々木の姿がしばらく見えなかったそうです。ずっと探して歩いたと言ってましたから、周囲の人間もそれに気づいていたでしょう」

「どういうことだ？」

「……大沼プロデューサーと逆ということですね。アリバイがない……」

「待てよ。佐々木本人は何と言っているんだ？」

「仕事の電話をかけていたと言ってました。電話先も確認しましたよ。でも、すべての相手と話した時間を総合してもたいした時間にはならないはずです。考えようによっては、稚拙なアリバイ工作とも取れますね……」

「だが、そいつは説明がつかんぞ……。先に三奈美薫をヒロインに起用しようとしていたのは飯島プロデューサーのほうだった……。つまり、飯島プロデューサーが生きていたほうが三奈美薫にとってはありがたかったわけだ。マネージャーが犯行に及ぶ動機がない」

「チョウさんの言うとおりなんですよ。動機がないどころか、話が逆なんですよね……。でも……」

須田の顔が悲しげになった。「足りなかったものを見つけた気持ちになりましたよ……」

安積はそう言われてうなずかざるを得なかった。

安積も心のどこかでそれを感じていたはずだった。

単純な利害関係では、人は殺人など犯さない。特に計画的殺人ではそうだ。男女の関係が複雑にからんでくると、人は人をあるいは自分を殺したくなるもののようだ。

今回はその要素が欠けていたのだ。

ふたりは地下鉄や電車のなかでも押し黙りがちだった。捜査本部へ帰り、報告を済ませたら、八時になっていた。

17

雨は降り止まなかった。

三田署から表参道までタクシーならそれほど時間はかからないはずだった。

交差点でタクシーを降りたとき、八時半になっていた。

安積は急ぎ足で待ち合わせ場所へ向かった。ガラスで作られたビル――そんな印象だった。その一階で人々が茶を飲んでくつろいでいる。いや、くつろいだ演技をしているのかもしれない。

この街は演出された街で、歩くだけで演技が必要なのだ。若いころはそれも楽しい。だが、じきに演じることのばかばかしさに気がついてしまう。そう感じるのも愚かさなのだが――。

ガラス越しに涼子が見えた。時計を見ている。

安積はあわててドアをくぐった。

涼子が顔を上げた。

「すまん。待たせたようだな」

「そう。三十分」

安積は伝票を取ってウエイターに金を払った。

「傘、持ってないの?」

「持っていない」

「よかったわ。大きな傘を持ってきて」

本当に大きな傘だった。紺色の木綿を張り、柄は木でできている。

安積が傘を持った。ふたりは近くのフランス料理店に入った。小さくて落ち着ける店だ。

ふたりとも魚料理を中心に注文した。安積は白ワインのグラーヴを持ってくるように言った。

この店はオードブルの生ウニのタルトレットがうまかった……。安積は思った。考えてみれば、朝からろくなものを食べていない。

「そのネクタイ……」

涼子が言った。

「え……」

「私が贈ったネクタイね……」

「ああ……」

望月和人の着こなしを見習ってみた。きっとずいぶん差があるのだろうが……。

「それより、ひとり暮らしを始めたというのはどういうことだ?」

オードブルが来た。ウニのタルトレットを食べてみる。昔の感動はなかった。やけにこってりしている。年のせいかもしれない。

「あたしも短大を卒業して就職することだし、この際、お母さんの負担を減らしてあげようと思って」

負担……?

「負担だって? 親が子を育てるのが負担だというのか?」

「ひとりで育てるのはね……」

安積は眼を伏せた。

「そうかもしれない……」

「お母さんにも、もう一度女としての人生をやり直してほしいのよ。今のままじゃきっと後悔しながら生きることになるわ……」

安積はワインを飲んだ。

「父さんは、おまえのひとり暮らしについては何も言わない。賛成というわけではないが、おまえが決めたことだ。だが、母さんについては何もしてあげられることはない。そのほうが母さんにとってもいいはずだ」

「本当にそう思ってるの?」

「思ってる」

思っているはずだ……。

それきり涼子は母の話はしなかった。

食事が終わり、コーヒーが出てきたとき、涼子は言った。

「ねえ……。お父さん、お母さんともう一度やり直す気はないの？」

　これが本題だったのか――安積は思った。

　安積は正直に言った。

「どうこたえていいかわからない。離れるときは、互いに怒りをぶつけ合い、憎んでさえいた。だが、今は怒りも憎しみもない……。それは確かなのだが……」

「問題はお母さんのほうだと言いたいの？」

「そうかもしれない」

　涼子は真剣な顔で言った。

「お母さんのほうには、たぶんその気はあるはずよ」

　安積はそのときの涼子の顔をしばらく忘れられそうになかった。彼女はおとなの女の眼をしていた。


　翌日の捜査会議は劇的だった。

　相楽たちの自殺説は影をひそめ、TNSテレビ局内の権力闘争に話題が集中していった。

　捜査員たちは手分けして精力的に聞き込みを続けたが、安積が見つけた以上の事実を発見した者は皆無だった。

「大沼プロデューサーがパーティー会場を一度も出なかったというのは本当なのかね？」

　三田署の梅垣係長が尋ねた。

「それは本当ですね」

本庁の荻野部長刑事が言った。「飲み物を出入口近くで給仕していた主催者側の係員がそういうようなことを言っていた」

「しかしね……」

梅垣が言う。「ビールでも飲みゃ、トイレへも行きたくなるだろうに……」

「大沼は酒を飲んでませんよ」

荻野が平然と言った。

「なに……?」

「これも同じ係員が言ってたんですがね……。アレルギー性の湿疹ができてるとかで、酒はひかえているんだと……」

安積は、昨夜の涼子の話を思い出していたが、今の一言ではっと顔を上げた。

「アレルギー……?」

一同が安積のほうを見た。

「どうしたね……?」

梅垣が尋ねる。

「被害者は、何とかいう薬を飲んでたと言いましたね」

「パモ酸ヒドロキシジン」

本庁の相楽警部補が言った。「だが、こいつは精神安定剤だ」

「いや……」

安積は言った。「確かアレルギーの治療にも使われるはずです」

「しかし……。アレルギーは死んだ飯島氏じゃなく、大沼氏のほうだよ……」

梅垣が言うと、相楽がうなずいた。

「そう。だから、おそらく、被害者が安定剤として使用していたのだろう。大沼氏がアレルギーだからって、関係があるとは限らない」

安積は、電話に手を伸ばした。

「失礼。電話を一本……」

相手は、K大付属病院の監察医、佐伯英明だ。

しばらく待たされた。その間、刑事たちはそれぞれに意見を出し合っている。ようやく佐伯が出た。

安積は小声で言った。

「教えてもらいたいことがあるんですが……」

「何だ、昼間っからこそこそと……。間男のうまい言いわけなんて教えられんぞ」

「あなたにそんなこと訊きゃしません。今、会議中なんです。教えてほしいのは、先日、殺されてさらに突き落とされた被害者がいましたね……。彼が飲んでいた薬についてです」

「何だったっけ……？　そうそう、パモ酸ヒドロキシジンだ。何が聞きたい？」

「何に使う薬です?」

「言っただろう? もうボケ始めてるのか?」

「あらためてはっきりと聞きたいのです。そう、確認を取るために――」

「精神安定作用があるから、不安神経症なんかに処方する。それと、アレルギーの治療にも使う」

「売薬ですか?」

「いや……。たいていは医者が処方しなければ手に入らん」

「何か副作用は?」

「そうだな……。かなり眠くなる。だから仕事のまえとか運転をするような場合を避けて服用するように指示するな……。アルコールがいっしょになるとよけいにその傾向は強くなる。その他はまれに食欲不振、全身倦怠(けんたい)……」

「どんな形をしているんです?」

「黄色の粉末だよ。通常はグリーンのカプセルに入っているがね」

「水によく溶けますか?」

「溶けるよ」

「参考になりました」

「おい、係長さん」

佐伯が言う。「どんな場合でも、きっと正しいのはおまえさんだ。なぜこう思うかわかるか?」

「おまえさんに欲がないからだよ。だから、たいてい本当のことが見える」

電話が切れた。

安積は、今の佐伯の話を正確に報告した。

三田署の柳谷主任が妙なうなり声を上げてから言った。

「大沼がその薬をどこかの病院から処方されていたことがわかれば、ちょっとおもしろいことになるかもしれない」

「事実関係が希薄すぎる」

相楽が、付き合いきれぬという調子で言った。「みんな憶測でものを言ってるに過ぎない」

「いや、憶測とは言わない」

梅垣係長が言った。「こいつは推理というんですよ。必要なことです」

いつしか黒板には数葉の写真が貼り出され、時間経過にそって、何本もの線が引かれていた。

皆が聞き込みで持ち寄った結果を書き込んであるのだ。

とぎれない一本の線は大沼の行動を表わしている。

その他の線はとぎれとぎれだ。会場から姿が消えたか、あるいは会場にいたことが確認されていない時間が空白になって表わされている。

安積はその何本かの線を見つめた。その線は重要人物の行動であり、重要人物というのは、ふたつの番組企画に深く関わっている人間だ。

「推理けっこう」

相楽が言った。「だがこれだけの事実から何を推理できるというのだね？　いいかげんな捜査は冤罪を招くだけだ」

「推理はいくらでもできます。仮定はいくらでも成り立ちます」

柳谷が言った。「薬だけを取ってもそうです。大沼が会場で、飯島氏の飲み物に自分のアレルギーの薬を入れる。飯島氏が眠気を催すのを確かめて、外の風にでも当たれ、とそそのかす。これは本人でなくてもいい。そして飯島氏をうまいこと非常階段までおびき出す。そして犯行に及ぶ……」

「ばかな……。大沼氏は一歩もパーティー会場を出ていない。それはうちの荻野が確認している……」

「共犯がいたんですよ。この場合は教唆犯ということになりますね」

須田が発言して注目を浴びた。いかにもおとなしそうな須田が、正面切って警部補に反論をいどんだのだ。

「共犯だって……？」

相楽が言うと、須田は黒板を示した。

「それも複数でしょうね……。おそらくはふたり……」

「ふたり……？　根拠は？」

「TNSの春の番組企画に関わっていた人間でパーティーに出席しているのは、この五人ですね。つまり、被害者の飯島氏、大沼氏、三奈美薫さん、望月和人氏、そして、三奈美薫のマネージャーの佐々木氏――。このなかで、犯行の時間に、パーティー会場にいないのはふたり……」

「何を言う……」

　相楽は驚きに眼を見開いた。「三奈美薫は飯島氏のほうのヒロインだったのだろう？　そのマネージャーが、飯島氏殺害に手を貸すなんて筋が通らんじゃないか……」

「あなたの言う事実というやつを見つめてください、相楽さん。現に、飯島氏亡きあとも、三奈美薫は春の特別番組にヒロインとして起用されることになっています。大沼氏によってね……。何か取り引きがあったとも考えられるでしょう……」

「だが、そのふたりが共犯ということにはならない……」

「あくまでも推理ですよ。共犯が複数だというのには、もうひとつ根拠があります」

「何だ？」

　今や、すべての捜査員がこのふたりのやりとりに聞き耳を立てている。

「本庁の『特殊写真係』の『写真解析』です。そう、あなたが提示してくれたデータですよ、警部補。つまり、まっすぐ落とされたのではなく、横のほうに踏み出したカーブで被害者は落下した、と……。でも、そうじゃなくても、同じような放物線になるんです。例えば、ふたりで死体を持って、手すり越しに放り出したような場合です。こいつが、犯人は複数という第二の根拠ですね……」

相楽からは言葉が出なかった。

自殺説の論拠だったパモ酸ヒドロキシジンと、『写真解析』が、すべて、他殺を裏付ける論拠として使われたのだ。

須田はすでに目を伏せている。いつもの小心そうな彼にもどったのだ。

安積は正直に言って驚いていた。説明の通らないいくつかの事実の小片を、須田がまとめ上げてしまったのだ。しかも、それを堂々と捜査会議の場で発表した。

「おまえ、何かおかしなものでも食ったのか?」

村雨が小声で須田に言った。須田は何も言わない。

この事件に対する須田の態度は確かにおかしい、と安積は思った。村雨でなくとも、どうかしたのか、と疑ってみたくなる。

三田署の刑事、本庁の刑事それぞれに、今の須田の話を検討している。

黙っていたのはベイエリア分署の四人だけだった。

相楽警部補が言った。

「どうやら、自殺の線は消えたと見ていいようだ。このうえは、全員でTNSテレビの春の特番の関係者、その周辺を全力で洗うべきだと思う」

変わり身の早さも出世の秘訣のひとつだ。やはりこの男は出世するだろう――安積は思った。

「問題ないと思います」

柳谷主任がうなずいた。

「大沼、望月和人、三奈美薫とそのマネージャーと、この四人を引っ張ってきて、話を聞いたらどうかね？　参考人ということで……」

荻野部長刑事が言った。

「それはまだ早過ぎる」

安積が言った。「今は地固めの時期です。ひとつひとつ証拠をかき集めてこなければなりません」

「しかし――」

荻野は食い下がった。「引っ張ってきて、脅しをかければ、あるいは落とせるかもしれない。ひとり吐けば、他の三人に関しては、正式に逮捕状が取れる。いや、今の段階でもその気になれば逮捕状は取れるかもしれない……」

これが刑事のすべてだと思われたくない――安積は思った。

この男は、勾留中の取調べにおいて自白を強要することが憲法違反であることすら知らないのかもしれない。須田の爪のあかでも煎じて……。

「今、無茶をするとぶちこわしだよ」

梅垣警部補が言った。「安積さんが言ったように、ここは地道に証拠集めをするんだ」

大半の刑事たちはうなずいた。

電話が鳴った。

若い筒井が受話器を取った。

「安積係長にです」

安積は差し出された受話器を受け取った。

相手は黒木だった。

「係長、新宿署から連絡があってウチコミの日時を知らせてきました。きょうの正午です」

安積は時計を見た。九時四十五分だった。

ここで須田に捜査本部を離れさせるわけにはいかない。彼は、今回の捜査本部においてなくてはならない人物になったのだ。

村雨も桜井も最初からこちらの案件に関わっている。

「私が行こう。署で待っていてくれ。これから向かう」

「わかりました」

受話器を切ると安積は須田に言った。

「例の新宿署のウチコミだ。付き合わなけりゃならん」

「チョウさん。俺、行きますよ」

「いや、おまえさんは、こっちにいてくれ。何か他に言い忘れているようなことはないか？　出るまえに聞いておきたい」

「席を外すのか？」

相楽警部補が言った。「不謹慎じゃないかね？」

「湾岸分署の台所の事情なのです。あなたがたにはわからない」

「かまわんよ、安積さん」

梅垣係長が言った。「おたくの部長刑事がふたりも来てくれているんだ」

ありがたい一言だ。

ずっと考えていた須田が言った。

「そういえば、あとひとつだけ……」

すべての捜査員が注目した。

須田の名探偵ぶりが印象的だったのだ。須田は真剣な――真剣すぎるほどの表情で言った。

「誰に聞いても亡くなった飯島さんの評判というのはいいですよね。人情味があって、思いやりがあって、人付き合いもよく、ちっとも威張ったところがなくて……と。でも、ひとりだけ違うことを言う人がいたんです。三奈美薫のマネージャーの佐々木氏ですよ。彼は、こう言ったんです。飯島は善人面(づら)しているが、とんでもないやつだ、とね……」

18

新宿署のマル暴が四人。四谷分駐所の機動捜査隊員が同じく四人。そして、湾岸分署から三人——これが、金田組家宅捜索のメンバーだ。

正午ちょうどに、新宿署の柴岡達広部長刑事が、西大久保のマンションにある金田組の事務所のドアを叩いた。

なかには、組長はじめ組員五人がいた。その他準構成員の未成年者二名。

マル暴と機捜の手際はすばらしくよかった——言い替えれば、すこぶる乱暴だった。

柴岡部長刑事が怒鳴るのが聞こえた。

「邪魔するやつはかまわんから、公務執行妨害でしょっぴけ!」

突然、若者が戸口にいた刑事を殴って外に逃げ出した。何か書類を持っている。

殴られたのは、湾岸分署の大橋だった。

「ちくしょう!」

大橋の声に黒木が振り向いた。驚いたことに、黒木はその瞬間にもう行動を起こしていた。

他のどの刑事よりも反応が早かった。彼は逃げた若い組員を追った。まさに、獲物を狙う豹だと安積は思った。

機動捜査隊の連中がバックアップのため駆けて行ったが、そのときには、すでに黒木は若い組員をつかまえていた。

その男は、マニラ、タイペイ、マカオ、香港（ホンコン）などの住所と人名が書かれた書類や、簡単な注文書の束を持っていた。

注文書には car の文字と数字が書かれている。裏の収支決算書もあった。この決算書は、売春と、盗難車売買を裏付けているように見える。

大橋が殴られたことでウチコミはうまくいったとも言える。黒木を刺激したのは愚かだった。

柴岡が最後にタンカを切った。

「刑事に手ェ上げた見返りはきついぞ」

黒木は格闘で背広を破いていた。よくあることだが、刑事の背広は必要経費として認められない。

彼は大手柄のあとでも淡々としていた。黒木は言った。

「三田署まで送りましょう」

安積はある種の感動をこの男に覚えながらこたえた。

「すまんが、そうしてくれ」

感動？　安積は自問した。若い行動力に対する羨望（せんぼう）ではないのか？　あるいは嫉妬（しっと）か……。

三田署の捜査本部には須田がひとり所在なげにすわっていた。

「どうした？」

安積は尋ねた。「電話番でもおおせつかったのか？」

「あ、チョウさん……。どうでした？ ウチコミのほうは」

「黒木の目の覚めるような活躍で大収穫だった。それで、おまえのほうは……？」

「電話番を命令されたわけじゃないですよ。俺が買って出たんです」

「何でまた……」

「実を言うとね、待ってるんです」

「何をだ？」

「三奈美薫からの電話です」

「おい、気でも違ったのか？」

「彼女はね、何か言いたそうにしていたんです。でもマネージャーがいたので言えないようでした。いや、もしかしたら、言うべきかどうか迷っていたのかもしれません。それで、俺、マネージャーの目を盗んでここの電話番号を教えてきたんです。話したいことがあったら、いつでも電話をくれって……」

「それで、おまえさん、本当に来ると思ってるのか？」

「五分五分でしたよ、さっきまでは……」

「何があったんだ?」

「例の相楽警部補と荻野が三奈美薫のところへ行くと言って出て行ったんです」

「あのふたりに追いたてられて、三奈美薫がおまえの張った網に飛び込んで来ると……?」

「これが最良の選択なんです。村雨と桜井、それに三田署の柳谷さんたちが、大沼がどこかの病院へ通院していなかったかどうかを調べています。望月和人には、三田署の梅垣さんのチームが聞き込みと張り込みについています。どっちみち、チョウさんが来ないと、俺ひとりじゃ身動きが取れなかったんです」

「わかった」

安積も腰を降ろした。「暴力団事務所に家宅捜索に行ってきたばかりだ。私も一息つかせてもらおう」

須田はぼんやりと宙を見ているように見える。何かを熟慮しているのかもしれない、と安積は思った。

「おい、須田……」

「何です、チョウさん」

「おまえ、この事件のこと、どう思ってる?」

「それほど複雑な事件じゃないですよ」

「だが、おまえさん、妙にこの事件にひっかかってるようだ……」

須田はしばらく黙っていた。安積も何も言わなかった。

やがて須田が言った。

「俺たちって、いろいろな人間を見てきてますよね。つまり犯罪に走るような人間はよっぽど追いつめられた人間とか、何かに取り憑かれちゃったような人間ですよね。そういうのには平気になっていたつもりだったんですよ」

安積は黙って聞いていた。

「でも、このあいだ、なんかものすごいもの見ちまったような気がしてショックでしたね。ほら、例のパーティーですよ。あの、何というか異常な迫力……、そして、華やかさ……。あの業界に一度入ったら足を洗えなくなるってのは本当でしょうね……。そんな世界で生活している人たちってどうなるんだろうって……」

「例えば三奈美薫のような女性が……？」

「そうですね……。俺、それが言いたかったのかもしれない。ああいう人たちは、ふたつの顔を持っていると言われますよね。日常とスクリーンやブラウン管のなかの顔と……。でも、俺、本当は三つあるんじゃないかと思うんです。スクリーンやブラウン管での顔、そして本当の日常の顔、もうひとつは、業界内での日常の顔ですよ。でね、チョウさん。大沼氏や飯島氏なんかも、業界内で生きているうちにそれなりの顔ってものができたのかもしれない。それは、あの世界にいる限り、何よりも大切なもので絶対に失っちゃいけないものなんですよ。彼らはもう本当の日常に戻れなくなっていたのかもしれませんね」

「それがこの事件の真相だと……?」

「そう。みんな夢から覚めたくない、ただその一心で……」

電話が鳴った。須田が安積の顔を見てからゆっくりと受話器に手を伸ばした。

「はい、捜査本部」

須田が言った。「はい……、須田は私ですが……」

彼はメモを取った。

「わかりました。これからうかがいます」

電話を切り、安積を見る。難しい顔をしている。

「来ましたよ、チョウさん。三奈美薫本人です」

「ほんとか……。おまえさん、すごいやつだな」

「からかわないでくださいよ。何でも仕事場からマネージャーが連れて行かれたそうです。連れてったのは相楽さんたちでしょう」

「三奈美薫はどこにいるんだ?」

「NHKにいます」

「渋谷だな……。すぐに行こう」

「ここ、空になっちゃいますね……」

「かまうもんか」

安積は出口に向かった。

三奈美薫は静かな怒りを表わしていた。唇を真一文字に結んでいる。

メークを落とした直後らしく、クレンジングクリームの甘いにおいがした。まったくの素顔だったが、それがたいへんういういしく感じられた。

場所はNHKの楽屋だった。彼女と、安積、須田のほかに人はいなかった。

相手の怒りに刑事がたじろぐわけにはいかない。

「お話はわかりました。しかし、佐々木さんにやましいところがなければ、すぐに帰って来られるはずです」

「そういう問題ではありません。なぜ佐々木が半ば無理やりに連行されねばならないのですか?」

「連行ではありません。あくまで任意の同行です」

「とてもそういうやりかたとは言えませんでした」

くそ！　本庁のコンビは無茶をやってくれる……。

「取り返して来ましょうか?」

須田が言った。「本来、こういう捜査はしちゃいけないんだし……」

安積は考えた。そんなことができるだろうか……?　相手は本庁の刑事で、おそらく、佐々木を三田署へではなく、本庁に引っ張っていったはずだ。

たとえ、私たちが正しくても、本庁では相楽たちの味方をするだろう——安積は思った。

警察というのはそういうところだ。

だが、須田の言うことは正しい。やるべきことはやらなくてはならない。

「そうだな」

安積は言った。「よし、本庁へ乗り込むとするか……」

三奈美薫には話の流れがわからなかったらしい。当然だ。彼女は怒りを忘れて尋ねた。

「いったい、どういうことなんですか？」

「これは、あまり言ってはいけないことなんですがね、特別に教えてあげましょう」

安積が言った。「警察官にもいろいろなやつがいるということです。あなたのマネージャーを連れていった相楽のようなやつや、この須田のような手合い……それこそ、いろいろなやつがね……」

「面白いお話だわ……」

彼女は言った。「いっしょに行ってもいいかしら……？」

「へえ……。そいつはうれしいな」

須田がようやく、彼らしい笑顔を見せて言った。安積はこの顔を見るのは久し振りのような気がした。

安積は桜田門の本庁に入るとき、敵陣に乗り込むような気分だった。

同じ警察官同士だというのに……。安積は心のなかでぼやいていた。

玄関を入るとすぐ、受付があり、手帳を見せると、制服警官が挙手の礼をした。エレベーターホールへ進む。ここですでに差別がある。本当は差別ではないのかもしれないが、安積にはそう感じられるのだ。

エレベーターは、高層用が六基、中層用が六基、低層用が三基、荷物用二基、非常用二基がある。

刑事部は四階から六階にあるので低層用を使う。

高層用を使うのは、十四、十五階の公安部や、十六階の警備部などの連中――つまりエリートだ。

六階の捜査一課へ行くと、制服警官の何人かが茫然といった面持ちで安積の一行を見た。安積に驚いているわけではない。彼らは、三奈美薫の出現に驚いているのだ。

顔見知りの刑事がさっそく近づいてきた。

「よお、湾岸さんは、やることがいつも派手だな？」

派手？　いつも助っ人専門の湾岸分署がか？

「相楽警部補と荻野巡査部長を探してるんだが……」

「あっちの班だ」

刑事は指差した。見ると、マネージャーの佐々木がいる。彼らは大部屋のなかで話を聞いているのだ。マスコミの眼が光っている警視庁の大部屋で……。

安積たちが近づくと相楽と荻野は不思議そうな顔をした。

「いったい、あんたがどうして……」

相楽が安積に言った。

「こちらのかたから苦情が出た」

安積は三奈美薫を示した。相楽は彼女を見て苦笑した。

「安積さん」

相楽が言った。「それくらいの苦情、あんたがもみ消してくれなくちゃあ……」

「私にその気はない」

佐々木が不安げに安積を見ている。すっかりおとなしくなっている。

「その気がないって、どういうことだ？」

「必要なら、不当な扱いを受けたという訴えを起こす手続きのしかたを教えようかと思っている」

「ばかな！　あんた、それでも刑事か？」

「そのつもりだ。少なくとも、あんたよりは多少経験を積んでいるはずだ」

安積は、本庁の誰かが相楽を応援しに来るかと警戒していた。誰も来ない。もしかしたら、本庁捜査一課のなかでも、この相楽と荻野は嫌われ者なのかもしれない。充分にありうることだ。

「どうしようって言うんだ」

相楽が言った。勢いがなくなってきた。

「その人を連れて帰る」

「なぜだ？　何のために？」

「あなたはここへ来ることを拒否することができました。そのことは知っていましたか？」

安積は佐々木に尋ねた。

「知らないっすよ……。そんな……」

「あなたは、ここへ来ることの同意を求められましたか？」

「無理やり連れて来られたんだよ」

「ここでこれ以上尋問に応ずることに同意なさいますか？」

「冗談じゃない」

安積は相楽を見た。

「聞いての通りだ。もうこの人に対する拘束力をわれわれは持っていない」

「拘束力だと？　これは殺人の捜査だぞ！」

「だが法的拘束力はないんだ。法を破って得た供述は証拠能力がない」

「あんたは弁護士か！」

相楽は言った。

「そうじゃない」

安積はわずかに相楽に近づいて睨みつけた。「私は刑事だ」

須田が佐々木に言った。

「さ、もういいんですよ。行きましょう」

そして、須田は大胆にも三奈美薫にウインクして見せた。彼女は満足そうにほほえんだ。

話がしたいと言い出したのは三奈美薫のほうだった。

警視庁を出てから、安積はもっとうまい方法はなかったのか、と後悔していたのだ。あれでは相楽たちの反感をつのらせるばかりだ。

「話って、おまえ……」

マネージャーの佐々木が不安そうに言った。

「あたしがひとりでお話しします。だいじょうぶですから、帰ってください」

佐々木は渋っていたが、結局、彼女の言うとおりにした。

安積はタクシーを拾って、三奈美薫と須田を乗せて、とりあえず帝国ホテルに向かった。

帝国ホテルのティールームなら、三奈美薫がいてもいたずらに注目を集めることはないはずだった。

ティールームは低く深いソファを使い、席と席の間を広く取ってあった。他人にあまり聞かれたくない話をするのにもってこいだ。

安積はようやく三奈美薫の服装を鑑賞する余裕を取り戻した。彼女はピンクのワンピースを着ている。シンプルなデザインだ。上半身と腰のあたりまでがボディコンシャスで、その下がゆったりと広がっている。丈は長い。

清楚（せいそ）であでやかだ――。

「あたし、須田さんを信用してお電話してよかったと思ってます」

「そう。あれは正しい判断でした」

安積は言った。須田は安積のとなりにすわっている。顔は見えなかったが、きっと照れているに違いないと安積は思った。

「そして、警視庁でのお姿を拝見して、安積さんも信用できると思いました」

そして彼女は付け加えた。「とてもすてきでした」

すてき？　この疲れた中年男のどこが……？

「そいつは、どうも……」

「それで、どうしてもお話ししておきたいと思ったのです」

「マネージャーの佐々木さんのことですね？」

須田が言った。

三奈美薫は、驚きもせずうなずいた。

須田は彼女と、一種の共感をものにしたのかもしれない。まったく不思議な男だと安積は思った。

「佐々木さんは、誤解してるんです」

「誤解？　それはどういった誤解ですか？」

安積が尋ねた。

「男と女の間の誤解です」

「ほう……」

「佐々木さんは、あたしが、春の特番のヒロインになるために、飯島さんに、体を求められていたと信じていたのです」

「どうしてそれがわかったのです?」

「ある日、酔って電話をかけてきたのです。正体のないほど酔っていましたからそれほど気にしなかったのですが、酔っているからといって、でたらめを言うとは限らないそうですね」

「ええ、まあ……」

むしろ逆だ。人間は、どんなに酔っていても、記憶にあることを話している限りは正確にしゃべるものだ。

「飯島さんが善人面しているのも、若い女優を安心させる手だ、とか、おまえは、どこで会うことになってるんだとか言われました。なぜそんなばかなことを? と問い返すと、大沼さんがみんな教えてくれたぞって……」

安積は須田の顔を見た。

須田はまた悲しげな眼をしていた。ひとつの謎が解けたのだ。

「もし……」

三奈美薫がうつむいた。「もし、佐々木さんが罪を犯していても……」

彼女は苦しげに訴えた。「それは、だまされてのことなんです……。だから……」

安積は彼女のほうを見なかった。下を向いて考え込んだまま言った。

「……わかっています……」

19

夕刻、主だった捜査員が顔をそろえるのを待って、安積は三奈美薫の話の内容を話した。

その日、相楽と荻野には会いたくなかった。幸いにして、彼らは捜査本部には戻って来なかった。

梅垣係長が、黒板を見ながら、考え考え言った。

「……つまり、マネージャーの佐々木には動機があったわけだ……。三奈美薫を愛するがための……。おそらく、彼女を守ろうとしたのだろうな……」

三田署の磯貝があとを続ける。

「ただひとりの動機としては多少弱いかもしれないが、望月和人の動機と合わせると……。望月和人は、かなり自分の将来に不安を持っていたようですね……。地道な仕事を選べばそう心配したものでもないらしいんですが、一時期があまりに華々しかったもんで……。それで、今回の大沼氏の話に全人生を賭けるような気になっていたようですね……。彼にとっては、大沼氏の企画が通るか、飯島氏の企画が通るか、それこそ死活問題だったのでしょう」

「だが、それだけじゃ、ふたりは殺人など犯さなかったかもしれない……」

柳谷が言うと、村雨がうなずいてあとを引き継いだ。

「大沼がすべてを計画して言葉たくみにふたりをそそのかしさえしなければね……。大沼は赤坂の病院からアタラックス－P――つまり、パモ酸ヒドロキシジンを投薬されていました」

「しかし……」

梅垣係長が言った。「よく三奈美薫からマネージャーの話、聞き出せたね……」

安積は、須田の顔を見た。話したくはなかったが、本庁のふたりとのいきさつを話さねばならない。話した。

刑事の何人かは失笑し、何人かは苦笑し、そして何人かは考え込んだ。

「しかし、まあ……」

梅垣は言う。「だとすれば、けがの功名というやつかな……」

須田がしみじみとした口調で言った。

「彼女としては、マネージャーを救ってやりたかったのかもしれませんね……。一番身近にいる人だから、苦しみに気づいていたのかもしれません」

短い沈黙があった。須田のセンチメンタリズムは伝染性があるのかもしれない。

「係長」

村雨が雰囲気を変えるような事務的な口調で言った。「薬の件がわかったとき、その足で、また大沼のところへ行ってきたんです。薬の名を出して圧力をかけてやろうと思いましてね……」

一同は村雨に注目した。

村雨は続けた。「梅垣さんは再度望月和人のプロダクションに行っている。つまり、三人に圧力がかかったことになる。今ごろは連絡を取り合っているかもしれない。動き出してもいいころですね……」

やはりおまえは頼りになる。好き嫌いはこの際別だ。安積は言った。

「そうだ。そして、最悪の場合、口封じにかかる……」

梅垣係長が身を乗り出した。

「大沼、望月、佐々木のところに張り付こう。分担と交替をすぐ決めよう」

「それと、三奈美薫のところも……」

村雨が言った。「口封じにかかるとすれば、彼女も狙われかねません」

「わかった」

梅垣がうなずいた。

捜査で肉体的に辛い段階を迎えた。しかし、この段階で弱音を吐く捜査員はいない。手さぐりで手がかりを探し続ける精神的な苦痛に比べればどうということはない。

まず、第二当番に割り当てられた捜査員たちが本部を飛び出して、四人の家へ向かった。

安積と須田は第一当番で午前八時から午後四時までを受け持った。比較的楽な時間帯と言える。梅垣が気を使ってくれたのだ。

第二当番は午後四時から午前零時まで、第三当番が何と言っても一番辛く、午前零時から八時までを受け持つ。

安積と須田の担当は、三奈美薫だった。彼らは、三田署の覆面パトカーのブルーバードに乗って無線を聞きながら張り込んでいた。

三奈美薫は、恵比寿(えびす)のマンションに住んでいた。

白のブルーバードだが、回転灯がボタンひとつでルーフの上に現れるタイプだ。この種の車は安積の好みではなかった。安積はやはり、ダッシュボードの下から取り出した回転灯を磁石でルーフに貼り付ける覆面パトカーを好んだ。

自動的に回転灯が現れるような車は一目で覆面パトカーとわかる。

天井に、回転灯とそれを出し入れするための装置を収納する出っ張りが目につく。そして、そうした改造をした車両のナンバーは一般車両の分類番号の五や三ではなく、八になってしまう。

八ナンバーをつけて走り回るのと、白黒ツートンに塗り分けたパトカーで走り回るのとではそれほどの差があるとは思えないのだった。

四時に交替にやってきたふたりを見て安積は複雑な気分になった。

相楽と荻野がやってきたのだ。

「ごくろうさん。替わります」

相楽が無表情に言った。

何も言うまい――安積は思った。こうして張り込みにやってきただけで、御破算にしてもいい。

安積と須田は、本部に戻った。

望月が動いたという知らせが入ったのは、その日の午後十時過ぎだった。

望月を張り込んでいた村雨、桜井組と、佐々木を張り込んでいた柳谷、筒井組が合流したという。

望月が佐々木の自宅を訪ねたのだ。佐々木は世田谷区上町（かみまち）のマンションに住んでいる。

四人の刑事はそこでしばらく様子を見ていた。

やがて部屋のなかで争う音が聞こえたので踏み込むと、望月と佐々木は包丁を奪い合うようにしてもつれていたという。

ふたりとも血を流していた。

ふたりを傷害の現行犯ということで緊急逮捕した。

三田署に連行されてきたふたりの目は、まるで現実を見ていないようだった。

　須田が言ったように、本当に現実が見えていないのかもしれないと安積は思った。安積は取調べに立ち会わなかった。須田もそうだった。他の刑事が張り切ってやっている。水をさす必要はない。

　先に取調室を飛び出してきたのは、佐々木を尋問していた柳谷、筒井組だった。

　佐々木は自我が崩壊したようにしゃべりまくったという。

「俺は、三奈美薫を守ろうと思った。ただそれだけだった。大沼に言われた。薫は、飯島にしつこく体を求められている、と……。薫は仕事のためなら割り切ってそういうことにも耐える女だ。だから俺が守らねばならないと思った。大沼の言うとおりにすれば、飯島よりもいい条件でヒロインに使ってやろう――そう言われて望月に会わされた。それで覚悟を決めた。なのに、望月は口封じのために薫を殺すと言い出した。俺はかっとなって包丁を持ち出していた」

　これが佐々木の供述内容のあらましだった。

　望月も犯行を認めた。大沼に言われて実行したことも認めた。

　犯行の経過はこういうことだった。

　まず、パーティー会場で、大沼が飯島氏にパモ酸ヒドロキシジン入りのウイスキーの水割りを飲ませる。

　眠気を催したころを見はからって、佐々木が声をかけ、外の空気にあたろうと、非常階段へ誘い出す。そこは五階だ。

あらかじめ、七階の非常階段で待ち受けていた望月が声をかける。

「ここまで上って来ませんか？　すばらしい眺めですよ」

佐々木は飯島氏を誘って七階まで行く。

そこで犯行に及んだ。

わざわざ七階まで飯島氏を連れて行ったのは、パーティー会場から犯行現場をなるべく遠ざけるのが目的だったのと、自殺に見せかけるには、最上階から落とすのが自然だという大沼の考えによるものだ。

首を絞めたのは、飯島氏の抵抗が想像以上だったのでやむを得ずのことだったという。ネクタイを使ったのだ。転落死した死体から絞殺の跡が発見されるなど、そのときはふたりとも考えておらず、放り出すまで無我夢中だったということだ。

須田の推理の片方が当たっていた。不手際がかえって深読みを招いていたのだ。

刑事たちは、徹夜で書類を作り始めた。

三田署も本庁もベイエリア分署もない。皆で手分けして書類を作った。明朝一番に裁判所へ行って大沼および望月、佐々木の逮捕状を請求するためだ。

望月、佐々木は緊急逮捕だったから、事後であっても正式の逮捕状が必要なのだ。

書類ができあがると、安積、相楽、梅垣の三人で目を通した。

「いいだろう」

相楽が言い、あとのふたりはうなずいた。

「さて……」

　安積は言った。「助っ人の湾岸分署は引き上げるよ」

　梅垣が驚いた顔をした。

「大沼は教唆犯だ。つまり本ボシだぜ。その逮捕に立ち会わんのか?」

「三田署の案件だ。あとはあんたらで充分だ。そうでしょう」

「あきれたな……。いや、考えられん……」

「しょうがないでしょう。それがベイエリア分署なんですよ」

　安積は、須田、村雨、桜井の顔を見た。

　三人の部下は皆、満足そうな顔をしている。

　四人は堂々と部屋を出ようとした。

「待ってくれ」

　相楽は言った。

　安積が振り返った。

「確かに私のやりかたは少々無理があったかもしれない。だが、あんたのやりかただって無茶だったぞ。ああいうことをやっていると、刑事の間で信用をなくす。いや、これは、あんたのためを思って言ってるんだ」

　安積は言った。

「私にとってはね、刑事同士の信用も大事だが、それよりも正しいことをやるってほうが大切なんでね……」

彼は部屋を出た。

桜井の運転するマークIIに乗り込む。

夜明け間近だった。

「おい」

安積は言った。「署に酒、あったよな。祝杯を上げるか?」

「でも係長」

村雨が言う。「大沼逮捕はまだですよ」

「いいんだ。俺たちの役目は終わったんだ」

「じゃ、このまま署に向かいますよ」

桜井が言った。

彼は空いている道を飛ばした。

安積は大沼の言葉を思い出していた。

「大切なのはそんなことじゃない。俺はいいドラマを作りたいんだ……」

作り物の人生より本物の人生のほうが大切だとどうして気づかなかったのだろう——安積は思った。

首都高速湾岸線に入ったとたん、後方から、横一列に並べた派手な回転灯を光らせ、スープラのパトカーが追ってきた。

「何だ……?」

桜井がつぶやいた。安積は苦い顔で言った。

「調子に乗って飛ばし過ぎだよ」

桜井はマークIIを路肩に停めた。

スープラのパトカーがまえに停まる。助手席から交機隊の制服が降りてきた。

「あの野郎……」

安積がつぶやいた。近づいてきたのは速水だった。

「二十キロ・オーバーだ」

「俺には切符なんぞ切らんと言ってたじゃないか」

「おや、これはハンチョウ……。たまげたな。おまえさんでも法を破るのか?」

私が乗ってると知って追ってきたくせに——安積は思った。

「法によるのさ。このいかれた大都会じゃ、この私が法律だ」

「二十キロ・オーバー」

「好きにしろ」

「そうさな……。これからどうするつもりだ?」

「事件を片づけたんでな、署で酒盛りだ」

「よし、決めた。その酒の没収だ」

「おい、刑事課を敵に回すのか?」

「そうなるかもしれん。だが没収の量はそれほど多くなくていい。この俺が飲めるだけでいい」

「あきれたな……」

「いいか、俺が行くまで帰るな」

「どうせ、今夜は誰も帰らないよ」

「ようし、行っていい」

「おまえさん、俺が嫌いなんじゃなかったのか?」

「そう。だから、いっしょにいて、酒を少し没収してやるんだ」

速水はスープラに戻った。スープラはすぐに高速道路を疾走していった。

「何です、あれ?」

桜井が訊いた。

安積は「なんでもない」とうなるように言った。うしろで、ふたりの部長刑事がくすくす笑っていた。


翌朝十時二十分。大沼逮捕の知らせが町田課長のところに入った。

それを聞いた刑事課の面々は歓声を上げた。

その日、安積は久し振りに定時に帰宅した。

疲れ果てていたが、満ち足りた気分だった。

九時ごろ電話があった。彼はウイスキーの水割りを一杯あけたところだった。

「お父さん？」

電話のむこうで言った。

「涼子か……、どうした」

「ちょっと待ってね」

しばらくの沈黙……。

安積はふと気づいて言った。

「おまえか？」

「しばらくです……」

「元気か？」

「はい……」

「何か用か？」

こんな言いかたしかできない自分にいらだった。

「今度、お食事でもいかがと思って……」

「涼子と三人でか？」

「いえ、久し振りにふたりで」

「俺の仕事は約束ができない。約束しても守れないかもしれない。それでもいいか？」

「はい」

安積は、頭のなかでスケジュールを調整していた。

今度こそゆっくり話ができるかもしれない。今までしたことのない有意義な話が……。

いつにしようか、安積は珍しく仕事のときより熱心に考えていた。

巻末付録特別対談

第二弾

今野敏×押井守

射撃や、空手など、
公私にわたって親交のある、押井守さんと
今野敏の**特別対談！**

――三十四年という超ロングランを誇る安積班シリーズの中でも、異色の展開と言えるのが『夕暴雨』（二〇一〇年刊）での「機動警察パトレイバー」※とのコラボレーションです。警察小説×SFアニメという類を見ないこのコラボは、互いの信頼関係あってこそと思います。そこで、お二人が出会いからどのような交流を重ねてこられたのかお聞かせください。

今野敏（以下、今野）　初めて会ったのは成田空港ですよね。何年くらい前かなぁ。

押井守（以下、押井）　十七、八年は経ちますか。

今野　当時、日本冒険作家クラブという作家の集まりでグアムに拳銃を撃ちに行くツアーをやってたんですが、そこに押井さんがゲスト参加されて。

押井　共通の知り合いがいたんですよ、ガンマンの。僕も「攻殻機動隊」のアニメーターとか連れて射撃ツアーをやったことがあって、また行きたいとその知り合いに伝えたら、冒険作家クラブで行くのでご一緒しませんかと。その時、今野先生という方が来られると聞きました。どういう方か尋ねたら、空手使いでめちゃくちゃ強いという触れ込みで。怖い作家なんだなと緊張して成田空港

今野 敏（作家）

に行ったら、ガンダムのジャンパー着てたんです。

今野　背中にでっかくGの文字が入ったやつね。

押井　安心しましたよ。むしろ、こっち側の人だなと（笑）。

今野　アニメ好きですから（笑）。あの押井監督だと、こちらは憧れとファン意識でワクワクしたものです。朝まで飲んだり、楽しいツアーでしたね。

押井　ええ。東京に戻ってしばらくしてから、また飲みませんかとなって。そこからのお付き合いですね。

今野　あとね、一時期、押井さんの整体を私がやっていたんですよ。治療のために我が家に来てもらって。

押井　で、なんの拍子だったか、「そろそろどうですか」と。何がと思ったら、空手やりませんかという話で。

今野　年齢に関係なく始められるし、長く続く趣味としてどうかとお誘いしました。

押井　「イノセンス」という作品をやった後でしたが、身体はボロボロで絶不調だったのに整体やって良くなったんです。だから、何かやったほうがいいのかなと。中学高校と柔道をやっていたんですが、それ以来なんの運動もしていなかったの

押井 守（映画監督）

で、けっこう思い切った決断でしたね。

今野　非常に真面目(まじめ)でね。今もですが、いい弟子です（笑）。

押井　最初はキツかったですよ。ただ、稽古(けいこ)後の酒がめちゃくちゃ美味(うま)くてですね（笑）。でもそれは、体調が良くなったということ。だから、先生には感謝しなくちゃと思っていて。別人のようになったから。

今野　余計なことをしたのかなとも思っていたんですよ。クリエイターというのは、あまり健全ではいけないんじゃないかって（笑）。

押井　それを言ったら、作家だって同じじゃないですか。とにかく、身体だけでなく、気持ちが前向きになって、生きることに意欲的になった。一番変わったのは、おねえさんがすごく綺麗(きれい)に見えるようになったこと。

今野　（笑）。つまり、生命力ですよ。男性としてのね。女性もそうでしょうけど、やっぱり健康が一番。作家もね、なんといっても体力ですから。

押井　アニメーションの監督だって身体がちゃんとしてないとできないです。

――そうした関係の中で、安積班シリーズとパトレイバーのコラボが実現していくんですね。

今野　その前から同じような舞台で作品を考えているという話をしていたんですよ。

押井　特車二課があるのはお台場(だいば)という設定だから。偶然なんですよね。でも、初めて安積班シリーズを読んだときは驚きました。

今野　臨海署とご近所さんだなと改めて思ったら、わーっと妄想が湧(わ)いて。後藤(ごとう)さんが安積の同期だったという話を思いついたら、書きたくなってしまったわけです。ただね、これはやっちゃいけないことじゃないかと思ったから、押井さんに聞いたんですよね。そしたら、「いいよ」と。

押井　ぜひぜひと。その代わり、私も書かせてもらいますよと。

今野　それで今度は押井さんの小説（『番狂わせ』）に安積と須田くんが出ることになって。

押井　特に須田はオタクっぽいというキャラクターでしたから、特車二課が近くにあれば覗きに来るだろうと。それで、ああ、彼があの安積さんの部下なのねという話で。

――今後、この安積班シリーズも含めた今野作品を押井監督が映像化されるということもあるのでしょうか。

押井　実は、やりかけたことがあるんですよ。企画の段階で流れてしまったんですけど。ただ、先生の警察小説は、事件そのものよりも中間管理職である人間たちの組織上の問題や部下との関係など、人間関係の話じゃないですか。そこをね、テレビドラマや映画でやるというのは案外難しいだろうなと思うんです。

今野　警察小説を書いているけど、ミステリーというよりホームドラマですよね。私もそれをやろうとしています。

押井　もともとSFから時代小説となんでも書く人だし、映画にいいなと思うものも何本もありますよ。例えば武道もの。先生も大切にされている琉球の空手家たちのシリーズとかね。あれは評伝と言うんでしょうか？

今野　私は時代小説のつもりで書いているんですよ。ただね、日本全国、広島だろうが山形だろうが昔のことを書けば時代小説となるんだけど、沖縄だけは時代小説と言われない。空手の色物小説扱いですよ。それが悔しくて。

押井　それでも二百冊以上を書いてこられた。僕も小説を書きますが、映画監督の仕事がないときに年一冊書くというペースで十何年やってきたけど、書くモチベーションがなくなっちゃったんです。最初は自分が書いたものが本になるという体験がとにかく新鮮で。映画ってたくさんの人が関わりすぎてるから、自分ひとりで専念できる表現が欲しいと思って始めたんですが、出してもなんの反響も返ってこない。これが何より堪えました。

今野　そうなんですよ。四十年間作家をやっているけど、私の本を買っている人の姿なんて見たことない（笑）。書き終えた作品のことはもう考えず、次に向かうだけです。

押井　そうならないとプロフェッショナルとは言えないですね。

——では、今野さんが書き続けるモチベーションはなんでしょう？

今野　自分が格好いいと思えるシーン、書いていて楽しいと思えるシーンだけを繋いできたんですよ。書いててシンドイなというところは読者も読んでいてシンドイですから、そういうところはなるべく書かないようにしてきました。『夕暴雨』もこんなシーンがあれば格好いいだろうなというイメージがまずあって。それが爆破テロを未然に防ぐためにパトレイバーを動かすことだった。ただ、そのまま書いてしまうと問題もありそうなので、雨の向こうにシルエットが浮かぶということにしたんです。

押井　あの描き方は格好良かったですよね。

今野　巨大ロボットが出てくる刑事ものなんてそうそうないでしょうが、警察小説だからできたとも言える。警察小説というのはいい器なんですよ。とはいえ、どんな作品でもその要素は探しています。これがあれば格好いいだろうな、面白いだろうなと。そうすると、これから先も仕事ができるかなと（笑）。

押井　自分もそうですね。気持ちいいことしかしたくないというか。

今野　結果的にそれでいいんだと思います。ものを作る人ってそうなんじゃないかな。

押井　僕も晩年といわれる年齢にさしかかり、この先何年ぐらい仕事ができるのか、あと十年ぐらいは大丈夫だろうと思ってますが、そうなって考えるのが順番です。で、一番楽しいと思えることからやる。映画も選ばず、来たものから全部やりますって。

――逆に選ぶのかなと思いましたが……。

押井　とんでもないですよ。もともと映画監督なんてお呼びが掛かるまで待っているのが仕事なんで。昔は自分から企画を持ち込んだこともありますが、それよりも上から降ってきた仕事のほうが楽しいことが判明したんです。

今野　ほぉ。それはどういうことなんですか。

押井　扱いやすいんです、余計な思い入れがないから。その上で、自分の引き出しの中でどう処理できるか。純粋に演出を楽しめるんです。

今野　総合的にものが見えているからできることなんでしょうね。立ち位置がわかっているということか。道場での佇(たたず)まいを見ていてもわかります。こちらが恐縮するくらい私のことを立ててくださるし、稽古も一切手抜きしないで動く。

押井　学ばせていただいているんですから、そこはきちっと分けないと。それに、達成感というか、向上心があるからやっているみたいなところがありますから。芸事って、向上心があるうちは楽しいんですよ。

今野　私ね、小説も芸事だと思っているんですよ。トレーニングしないとうまくならないし。では、トレーニングとは何かと言えば、作家にとっては書くことしかない。だから芸事なんです。

押井　映画監督も芸事ですよ。やっぱり撮ってないとだめなんです。最近、映画監督とは何だと聞かれてよく言うのが「芸能者」だと。芸能人というのは人そのもののことを指すけれど、僕は自分の技、つまり芸を売っている。だから芸能者。そして、芸の世界に生きる監督という仕事も、基本的には空手と同じだと考えているんです。

今野　私もそう。空手の稽古と執筆ってすごく共通点があるという気がするんです。楽しいから続けられる。楽しさを求めていく限り、続けることができるように思います。

※「機動警察パトレイバー」……メディアミックス作品として話題を集め、押井監督はその劇場版などを手掛けた。文中の特車二課とは物語の中心メンバーが所属する部署のことで、後藤（喜一）はその小隊長を指す。

構成：石井美由貴／写真：島袋智子

次巻『硝子（ガラス）の殺人者』の巻末には、
俳優・上川隆也さんとの特別対談を収録します。

本書は、ケイブンシャ文庫（一九九七年十月）を底本とし、
二〇〇六年一〇月にハルキ文庫にて刊行されました。
二〇二二年一月に改訂の上、新装版として刊行。

ハルキ文庫

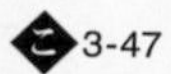

虚構の殺人者　東京ベイエリア分署〈新装版〉

著者　今野 敏

2006年10月18日第一刷発行
2022年1月18日新装版第一刷発行

発行者　角川春樹

発行所　株式会社角川春樹事務所
〒102-0074 東京都千代田区九段南2-1-30 イタリア文化会館

電話　03(3263)5247(編集)
03(3263)5881(営業)

印刷・製本　中央精版印刷株式会社

フォーマット・デザイン　芦澤泰偉
表紙イラストレーション　門坂 流

ISBN978-4-7584-4455-2 C0193 ©2022 Konno Bin Printed in Japan
http://www.kadokawaharuki.co.jp/[営業]
fanmail@kadokawaharuki.co.jp[編集]　ご意見・ご感想をお寄せください。